Für Clara, Mia und Stella

Originalausgabe September 2023
Sternschnuppe Verlag, Ottenhofen

Textliche Mitarbeit & Lektorat: Margit Sarholz
Covergestaltung: Stanko Ropić, Andrea Kretzschmar
Autorenfotos: makemohrphoto.com
Satz: Sternschnuppe Verlag, Andrea Kretzschmar
Druck & Bindung: Westermann Druck, Zwickau
Printed in Germany
ISBN 978-3-932703-04-1

Werner Meier

7 Küah 8 Kinder 40 Knödel 1 Kanapee

Bairisch-verquere Geschichten eines Bauernbuben

Sternschnuppe Verlag

Ein ganz besonderer Dank

gilt meiner Frau Margit Sarholz, die mich mit Leidenschaft, Geduld und Hingabe unterstützt und an diesem Buch mitgeschrieben hat. Als ›strenge Lektorin‹ hat sie meinen Geschichten auch den letzten Schliff verpasst.

Ich hätte mir niemand Besseren dafür wünschen können, nicht nur weil sie eine ›langjährige Kennerin‹ meiner Person und meiner Familie ist, sondern auch wegen unserer bewährten künstlerischen Zusammenarbeit bei so vielen Sternschnuppe-Liedern und Kabarett-Texten.

Inhalt

Vorwort

Bei unseren vielen Familientreffen kommt immer irgendwann der Punkt, an dem einer anfängt zu erzählen aus unserer ›wilden‹ Kindheit mit acht Geschwistern auf unserem kleinen Bauernhof – lustige, traurige, skurrile, unglaubliche und komische Geschichten. Da wird gelacht, diskutiert und sinniert und jeder weiß noch was dazu oder erinnert sich noch an etwas anderes. Irgendwann hatte ich den Impuls all das festzuhalten und habe eine erste Geschichte geschrieben.

Als ich diese Geschichte dann einmal als Zugabe bei meinem Kabarett-Programm vorgelesen habe, war ich verblüfft, wie die Zuhörer darauf reagierten. Die einen waren berührt, weil sie sich erinnern konnten und in ihnen die Bilder, der Geruch, die Stimmung dieser Zeit wieder aufstiegen und die anderen, weil sie das gerade nicht mehr erlebt haben und über die Geschichte eintauchen konnten in eine Zeit und in eine Welt, die es so nicht mehr gibt.

Danach konnte ich nicht mehr aufhören, ich habe mich in die alten, vergilbten Schwarz-Weiß-Fotos vertieft und meinen Geschwistern noch mehr Details und Erinnerungen entlockt. Dann habe ich drei Jahre weiter und weiter geschrieben und während des Schreibens sind in meinem Kopf immer mehr Bilder aufgetaucht.

Daraus ist dieses Buch geworden. Es ist nicht die Geschichte unserer Familie oder des ›Neimoar-Hofs‹, keine Autobiografie und es ist auch nicht die Geschichte meiner Kindheit. Es sind Geschichten aus meiner Kindheit und ein Bilderbogen der 50er und 60er Jahre auf einem bayerischen Bauernhof. Es ist auch keine Verklärung eines Idylls, kein ›damals-war-alles-besser‹. Manches hätte man vielleicht gerne bewahrt und herübergerettet in unsere Zeit, aber vieles vermisst kein Mensch – es ist sogar gut, dass es vorbei ist. Und dazu gehört auch meine leidvolle Internatszeit in einem katholischen Koster, die ich in der letzten Geschichte beschreibe.

Ich habe in meinem Buch die Menschen aus meiner Kindheit wieder aufleben lassen, indem ich ihnen Worte in den Mund gelegt habe, die sie so oder so ähnlich gesagt haben könnten. Damit man mittendrin und dabei ist, wenn der ›Weißbier-Karl‹ beim Wirt alle mit seinen verrückten Erfindungen verblüfft, damit man sich mit uns ›Neimoar-Kindern‹ am Weihnachtsschaufenster vom ›Bäck‹ die Nase platt drücken kann oder gemeinsam mit mir und der Tante Mare auf dem Melkschemel sitzen und zweistimmig singen kann.

Es war nicht genau so, aber genauso hätte es sein können.

Werner Meier, im August 2023

11 Jahre schwanger

Am Pfingstsonntag wollte meine Mutter ins Hochamt gehen, in die Reichertsheimer Kirche, die mit der schönen, filigranen Muttergottes über dem Altar. Sie hatte sich schon seit Tagen darauf gefreut. *Komm, Schöpfer Geist, kehr bei uns ein* wollte sie singen und zum Schluss der Messe das *Großer Gott, wir loben Dich.* Aber der Pfingstsonntag 1953 fiel auf den 24. Mai und da kam ihr was dazwischen – ich.

Die ›Stöcklin‹, die vielbeschäftigte Hebamme von Reichertsheim, hatte am Pfingstsamstag schon mal vorbeigeschaut. »A bisserl hamma no, Liese«, hatte sie zur Mama gesagt und dann streng zu meinem Vater: »Sepp, kimm net zspät! Beim Siebtn, do konns schnell geh!« So ging mein Vater am nächsten Tag schon in aller Herrgottsfrüh runter ins Dorf und meldete der ›Stöcklin‹ meine nahende Ankunft.

»Dann geh ma aber glei!« Sie griff sich die Hebammentasche, die immer fertig gepackt war, und dann rauf zum

›Neimoar‹, dem Neumeier-Hof auf der kleinen Anhöhe über Reichertsheim. Die ›Stöcklin‹ hat schwer geschnauft auf dem Weg, denn sie war ›a Starke‹, wie man gesagt hat, womit man nicht unbedingt die Muskelkraft meinte, sondern die Leibesfülle. Dicksein definierte man damals positiv. Es war doch gut, wenn man was auf den Rippen hatte, falls wieder mal schlechte Zeiten kommen sollten. Die waren ja gerade erst mal ein paar Jahre vorbei.

Die ›Stöcklin‹ war das Musterbild einer Hebamme, die mit ihrer Erfahrung, ihren Hausmitteln und mit viel Geschick die Frauen im Dorf durch Schwangerschaft und Geburt begleitete. ›Fürs Eisen‹ empfahl sie den Schwangeren ein ›Trankerl‹ aus Rotwein, Traubenzucker und Eigelb. War es ein Sternengucker-Baby, konnte sie es sogar im Mutterbauch drehen, um eine schwere Geburt zu vermeiden. Und fürs Stillen ›verschrieb‹ sie ein dunkles Bier zur Milchbildung. Prost!

Das graumelierte Haar hatte sie immer streng zu einem Dutt zusammengebunden, wie viele Frauen damals. Ihre feste Stimme und der schwarze Damenbart verliehen ihren Anweisungen bei der Geburt besonderen Nachdruck, obwohl ihre imposante Erscheinung und ihr resolutes Auftreten eh schon absoluten Respekt einforderten. »A hoaß Wassa, saubere Tücher! Schickts Eich!« Und die Tante Mare, die in dieser Zeit bei uns am Hof mithalf, rannte von der oberen Kammer die Stiege runter in die Küche und richtete alles in Windeseile her. Es musste ›wia am Schnürl‹ laufen, denn es war kein Arzt und kein Krankenwagen in der Nähe. Da durfte nichts schiefgehen und das tat es auch nicht!

Um 7:15 Uhr erblickte ich beim ›Neimoar z'Reischham‹ als siebtes von acht Kindern das Licht der Welt – an einem strahlenden Pfingstsonntag.

Und die Lisbeth, meine große Schwester, weinte: »Scho wieda a Bua!« Sie war die Erstgeborene, gleich nach dem Krieg, im Juni 1945, war sie zur Welt gekommen. Danach ging es Schlag auf Schlag oder besser gesagt ›Bub auf Bub‹. Von 1945 bis 1956 kamen neun Kinder auf die Welt, nach der Lisbeth sechs Buben in Folge und dann – endlich das ersehnte Schwesterchen. Aber tragischerweise starb es gleich nach der Geburt. Da weinte die Lisbeth noch viel mehr.

Beim letzten Kind, im Jahr 1956, war unsere Mutter 41 Jahre alt. Von ihrem 30. Geburtstag an war sie 11 Jahre schwanger mit nur kurzen Unterbrechungen dazwischen. Dazu hatte sie noch die ständig wachsende Schar von Kindern im Alter von 0 bis 11 Jahren zu versorgen.

Während dieser Zeit lief natürlich auch ihre Arbeit als Bäuerin weiter. Im Stall standen sieben Kühe, die jeden Tag in der Früh und ›auf d'Nacht‹ gemolken werden mussten und zwar mit der Hand, denn erst Ende der 50er kam die Alfa-Melkmaschine zu uns auf den Hof. Außerdem waren die Hühner zu versorgen, die Schweine und Kälber zu füttern und die ganze Hausarbeit zu erledigen: Putzen, Waschen und Kochen für immer mehr hungrige Mäuler. Ohne unsere fleißige und zupackende Tante Mare wäre das gar nicht zu schaffen gewesen. Aber auch mit deren Hilfe war das ein Arbeitspensum, das wir uns heute nur schwer vorstellen können. Zumal der ›neimoarische‹ Haushalt gemessen am heutigen Standard eher noch in der Steinzeit war damals. Erst viel später hielten dann eine Waschmaschine, ein Kühlschrank und ein Gasherd Einzug in unser Haus.

Vorher musste zum Kochen der große Wamsler-Herd in der Küche angefeuert werden. Das ›Grandl‹, das seitlich in den Herd eingelassen war, war das einzige Warmwasser-Reservoir im ganzen Haus. Nur etwa fünf Liter, die man allerdings mit einem ›Blechhaferl‹ rausschöpfen und auch wieder nachfüllen musste. Fließend warmes Wasser – was für eine paradiesische Vorstellung! Und das Wäschewaschen mit Waschkessel und Zuber war Schwerstarbeit und eine Aktion für einen ganzen Tag pro Woche.

Die Küche und die ›Stubn‹ mit dem Kachelofen waren die einzigen beheizten Räume im ganzen Haus. Da war's eng und laut in der ›Stubn‹ im Winter mit acht Kindern und einem Kanapee!

Winter in ›Reischham‹ um 1955
Werner auf Mamas Arm

Alois und Werner wie immer mit
Kissen und Koffer unterwegs

Erstkommunion von Alois und Bernhard 1959
Die Familie ›sauba außaputzt‹

Für manche mag das alles irgendwie romantisch klingen, aber unser Bauernhof war kein Selbstversorger-Idyll. Es wurde zwar fast nur gegessen, was unser Hof hergab, aber gezwungenermaßen halt, denn Geld war wenig da, dafür umso mehr Kinder. Aber alles in allem hatte ich eine schöne Kindheit. Niemals fühlte ich mich arm, einsam sowieso nicht. Immer fühlte ich mich geborgen und angenommen in unserem wilden Durcheinander, einfach daheim. Das ›neimoarische‹ Chaos begleitet mich bis heute – Ordnung halten ist nicht so meine Stärke – es ist aber auch der kreative Sumpf für viele meiner Geschichten und Lieder, wofür ich sehr dankbar bin.

Schon manches Mal habe ich mich gefragt, wie unsere Mama das alles geschafft hat, uns ausgehalten und immer wieder satt gekriegt hat. Wohl mit ihrem unerschütterlichen Glauben, viel Kraft, ganz viel Geduld und noch mehr Knödeln. Der Kirchgang und das Wochenbett waren so ziemlich die einzigen Auszeiten für sie. Erst als wir längst groß waren und der Hof übergeben, da gönnte sie sich ›fromme Busreisen‹, nach Altötting, aber dann auch nach Rom, Lourdes und zu fast allen europäischen Wallfahrtsorten. Und jedes Mal brachte sie ein ›Flascherl‹ Weihwasser und allerlei ›wunderschöne‹ Andenken mit.

Meine Mutter wurde 83 Jahre alt. Kurz bevor sie im Oktober 1997 starb, stand sie noch auf der Leiter im Obstgarten und pflückte dicke, rotbackige Äpfel von unserm Boskop-Baum. »Kimmst boid nomoi hoam und holst Dir no die letzten!«, hat sie mir von der Leiter aus zugerufen, als ich vom Hof fuhr.

Vierzehn Tage später bin ich wieder gekommen. Da lag sie in ihrem Bett, so als ob sie schlafen würde. Ihr Körper war noch warm. Wir frisierten sie und zogen ihr ein schönes Kleid an. Wir falteten ihr die Hände und legten den Rosenkranz von ihrem Nachtkästchen darum. Ich sah sie noch lange an, wie sie so dalag. Bei der Fahrt nach Reichertsheim hatte ich noch große Angst vor diesem Moment gehabt: »Gleich werde ich meine Mutter tot sehen!« Doch an ihrem Bett wichen meine Trauer und meine Angst vor dem Tod. Ihr Gesicht sah so friedlich und entspannt aus, als wäre es ganz normal, dass man stirbt. Ist es ja auch, oder?

Da Dreg

›Dreg‹ ist das bairische Wort für Dreck. Eigentlich müsste man es mit zwei e schreiben, denn der ›Dreg‹ ist zäh und widerstandsfähig. ›An Dreg kriagst net so leicht weg‹. Drum ist ›da Dreg‹ viel langgezogener als das ›weg‹.

›Da Dreg‹ kennt sehr viele Ausformungen im Bairischen. ›Hennadreg, Katzndreg, Kuahdreg, Saudreg‹ und in seiner ordinärsten Form ›da Scheißdreg‹. Der wird meist im übertragenen Sinne verwendet, um unmissverständlich zum Ausdruck zu bringen, dass man etwas ›eher net so guad‹ findet. Und dann gibt es noch den ›kloana Dreg‹. Der wiederum ist gar nicht ordinär, sondern als ausgesprochen liebevolle Anrede zu verstehen, wenn man zu einem kleinen Buben sagt: »Gell, Du kloana Dreg, jetz konnst scho laffa!« So vielfältig ist im Bairischen ›da Dreg‹.

Auf unserm Hof kannten wir Kinder uns bestens aus mit allen Formen von ›Dreg‹. ›Hennadreg?! – Pfui Deifi!‹, da muss man schnell zum ›Wassergrand‹ und ›d'Fiaß‹ waschen. ›Katzendreg?! – No vui, vui schlimma!‹ Aber ›Kuahdreg? – Ganz wos anders!‹ Mei, im Sommer barfuß in den ›Kuahdreg‹ steigen, wenn er noch frisch und weich war und sich so herrlich durch die Zehen hat ›batzen‹ lassen. Auch wenn er obendrauf schon eine Kruste hatte, konnte man die durchdrücken und man landete im Weichen. Am Ende hatte man grasgrüne Füße.

Und – er stank auch nicht. Er roch so wunderbar nach Kuh, nach Stall, nach Gras, nach daheim. Das änderte sich Anfang der 1960er Jahre, als überall die Silos wie ›Schwammerl‹ in die Höhe wuchsen. Da rochen die Bauernhöfe auf einmal anders – und auch die Bauern! Denn ab da hat man nicht einfach ›a bisserl gschmeckt‹ nach der Stallarbeit, nein, man hat ›gstunga‹! Ja, man war durch und durch kontaminiert mit diesem penetranten Silogestank. Mancher Bauernbursche hatte beim Tanzen am Wochenende nun schlechte Karten bei den Mädels, wenn es bei den langsamen Schiebern um ›körperlichen Landgewinn‹ ging. Denn dieses ›Gschmacki‹ umgab ihn wie eine frauenabweisende Giftwolke. So viel Pitralon konnte man sich gar nicht ins Gesicht und sonstwohin schütten. Da half nur die komplette Silodekontaminierung: Ganz ausziehen, Kleider vor der Tür lassen, von Kopf bis Fuß waschen und dann inklusive frischer Unterwäsche völlig neu anziehen.

Das war uns ›kloane Bauernbuam‹ damals noch ziemlich wurscht. Wir waren mit dem ›Dreg‹ auf Du und Du. Von den Hygiene- und Sauberkeitsvorstellungen von heute waren wir am ›Neimoar-Hof‹ sowieso Lichtjahre entfernt.

Unter der Woche hielten wir nix vom Waschen: Hosen aus und ab ins Bett. Aber am Samstag, da war Badetag. Schon am Nachmittag roch es im ganzen Haus nach Kernseife, denn da hat die Mama rausgewischt mit Schrubber und Seifenlauge, die große Zinkwanne in die Küche geschleppt und den Herd ›fest eighoazt‹, um im riesigen, roten Emailletopf das Wasser heiß zu machen.

Darum war es gemütlich warm in der Küche an diesem kalten Januarabend 1958 und drei zaundürre Buben standen ›nackert‹ und erwartungsvoll vor der Wanne. Ich war gerade mal fünf, der Alois sieben und der Berni acht. »Aufbassn, Buam!« Die Mama goss das heiße Wasser aus dem Topf in die Wanne und mischte es mit kaltem. »So, eini mit Eich! Aber net wieda gar so rumbritschn!« Schon war sie wieder draußen bei der Stallarbeit. Wir spitzelten erst mit den Zehen rein, ob's nicht doch noch zu heiß wäre. »Basst!«, rief der Berni und rutschte mit einem riesigen Platscher in die Wanne. »Ah, des duat guad!«, kommentierte er und grinste dabei wieder so komisch. »Ja net wieda einibieseln!«, lachten der Alois und ich und sprangen hinterher. Es war saueng und saulustig! Wer auf Kommando mit einem satten ›Blubberer‹ einen ›Schoaß‹ zwischen uns im Wasser aufsteigen lassen konnte, der war der ›Schoaßkini‹.

Wir schütteten einen ordentlichen grünen ›Schwapp‹ aus der gelben Flasche in die Wanne. Badedas! Schon duftete die ganze Küche nach Wald, nach Tannen und Latschenkiefern. Dieser neuartige Badezusatz, erst seit Kurzem bei unserm ›Bäck‹ in Reichertsheim zu kaufen, wurde <u>das</u> Schaumbad der 60er Jahre. Was die Beatles für die Musik waren, das war Badedas für die Badewanne! Erfunden wurde es übrigens von August Fischer, einem Apotheker aus – wie kann es anders sein – Baden-Baden.

»I schütt no mehra eini!«, juchzte der Berni. Noch ›a gscheida Schwapp‹ und schon kam die Stunde der Schaumschläger. Wir paddelten, ruderten und rotierten mit den Händen wie die Raddampfer bis der Schaum über den Wannenrand stieg und die Küche völlig unter Wasser stand.

Aber so langsam wurde es ungemütlich kühl in unserer Zinkwanne. Noch ganz schnell mit Kernseife die Haare gewaschen und dann nix wie raus, abrubbeln, rein in die frischen Unterhosen und Hemden, rüber in die ›Stubn‹ und rauf aufs Kanapee neben dem Kachelofen.

In der Küche war das Wasser im großen Topf am Herd inzwischen wieder heiß genug zum Nachgießen und schon waren die Nächsten dran. Die Badehierarchie ging von jung nach alt, der ›Bap‹ kam als Letzter dran, natürlich gleiche Wanne, gleiches Wasser. Aber wir hatten Glück, auf manchen Bauernhöfen war die Reihenfolge genau andersrum, da stieg der ›Großbauer‹ zuerst in die Wanne und das nicht unbedingt jede Woche.

Als der ›Bap‹ beim Wirt mal erzählte, dass er sich jeden Samstag bade, musste er sich kritische Kommentare von anderen ›Reischhamer‹ Bauern gefallen lassen. »Ja, Sepp, Du brauchst ja scho mehra Wassa für de Baderei als Deine Küah saufn!«. Einer schob lässig hinterher, »I bad mi bloß an Weihnachten und an Ostern, obs des braucht oder net!«

Viele Jahre später hat mir mein Bruder Sigi die Geschichte vom Bertl erzählt, dem Mann von unserer Tante Resi vom ›Moier-Hof‹. Ein kauziger, knorriger Kerl, der in Punkto Sauberkeit auch kein leuchtendes Vorbild war.

Einmal hatte er sich beim Arbeiten die Schulter ausgerenkt und der Sigi fuhr ihn zum ›Zaunlehner‹. Der war eigentlich auch Bauer, aber gleichzeitig ein weithin bekannter Meister im Einrenken und Versorgen von Knochenbrüchen. Im Zweiten Weltkrieg hatte er ein Gelübde abgelegt, dass er sein Leben lang umsonst anderen Menschen helfen würde, sollte er dieser Hölle entrinnen. Und so hat er in seiner kleinen Küche abends nach der Stallarbeit bis spät in die Nacht hinein alle behandelt, die bei ihm in der ›Stubn‹ warteten.

Aber im Fall vom Bertl riet der ›Zaunlehner‹ zu einer Röntgenaufnahme im nahen Mühldorfer Krankenhaus. Also stieg der Bertl wieder ins Auto, wies den Sigi jedoch an, ihn zuerst nach Hause zu fahren. Der wunderte sich: »Mia san doch scho fast in Mühldorf, da fahr ma doch glei direkt hi.« Aber der Bertl bestand darauf, dass er unbedingt vorher nochmal heim müsse. Während der Fahrt rückte er dann mit dem Grund heraus: »Beim Röntgen muass i doch des Hemd ausziang und i hob ma bloß den oan Arm gewaschn.« Klar, das sah auch der Sigi ein. Diese saulustige Geschichte war ihm die Extrarunde übern ›Moier-Hof‹ leicht wert.

Kaum vorstellbar, was der Bertl wohl sagen würde zu unserer heutigen Reinlichkeits- und Körperkultur mit täglichem Duschen und Cremen und all den Kosmetikprodukten für jede Befindlichkeit von Haut und Haar.

Meine Mutter würde sagen, was sie immer gesagt hat: »A bisserl a Dreg, schadt net!« Und da hat sie sicher ›a bisserl‹ recht.

Schattensuche im Obstgarten unterm Boskop-Baum

Farah Diba, das Jesuskind und die elektrische Eisenbahn

Es war ein Sonntagnachmittag im Dezember 1959, der Himmel wolkenverhangen. Es sollte noch schneien gegen Abend, hatte ›da Radio gsogt‹. Der Berni blätterte am Esstisch gelangweilt in der Kirchenzeitung und der Alois studierte die Bunte auf dem Kanapee oder besser gesagt: die Bunte Illustrierte – wie sie damals noch hieß. Nein, die hatten wir natürlich nicht gekauft oder gar abonniert. Viel zu teuer!

»I hobs scho ausglesn. Nehmtses mit, i schmeiß sonst eh weg«, hatte unsere Tante Mare zum Alois gesagt und ihm ein verschnürtes Bündel in die Hand gedrückt, als er nach ›da Kirch‹ noch bei ihr vorbeischaute. Auch wenn die Zeitschriften von der Tante oft ziemlich zerfleddert und manchmal schon über ein Jahr alt waren, freuten wir uns immer: »Hauptsach was zum Lesn!«

Bei uns gab's nämlich außer dem Haager Boten, dem Bayernkurier und der Kirchenzeitung keinen Lesestoff. Das einzige Kinderbuch im ganzen Haus war der Klassiker *Etwas von den Wurzelkindern.* Aber leider fehlte auch etwas von den Wurzelkindern, nämlich der Einband und die letzten Seiten. Dagegen wirkte die alte Bunte wie neu!

Für uns ›Bauernbuam‹ war dieses Hochglanzmagazin das Schaufenster in die große, weite Welt. Mit ganz ›vui Buidl – supa!‹ Der Alois und ich schauten erst mal aufgeregt alle ›Heftl‹ durch und blieben dann gebannt bei einer Ausgabe hängen. Auf dem Titelbild war eine unfassbar schöne Frau und innen drin gleich eine ganze Fotoserie von Farah Diba, der Gemahlin des Schahs von Persien! »So oane gibts do bei uns net z'Reischham!«, raunte der Alois und schon drückte sich der Berni zwischen uns aufs Kanapee. Er wollte nun doch lieber die Farah Diba anschauen als die ›Heilignbuidl‹ in seiner Kirchenzeitung. Dann ›studierten‹ wir drei Buben andächtig jedes einzelne Heft ›von vorn bis hint und von hint bis vorn‹, bis der ›Bap‹ abends vom Stall reinkam.

»D'Milli ghört no obitrogn zum Bäck!« – »Des mach i!« Der Alois sprang vom Kanapee auf. »Mia aa!«, riefen der Berni und ich wie aus einem Mund. Jeden Tag mussten zwei Liter Milch zum ›Bäck‹, unserem ›Reischhamer‹ Bäcker und Gemischtwarenladen, geliefert werden. Da drängte sich sonst keiner von uns Buben vor, aber in der Vorweihnachtszeit war das abendliche ›Milliobitrogn‹ auf einmal hochattraktiv, denn dann gab's im Dorf beleuchtete Schaufenster voller Kinderträume.

Es war längst dunkel, als wir mit den zwei ›Millibitschin‹ ins Dorf runter liefen. Unterwegs fing es dann wirklich an zu schneien. »Genau wia da Radio gsogt hot!«, freute sich der Alois. Die Schneeflocken tänzelten um die Straßenlampen der neuen Dorfbeleuchtung.

Wir lieferten schnell die Milch bei der ›Bäckin‹ an der Haustür ab und schon klebten wir mit unseren Nasen am hell erleuchteten Weihnachtsschaufenster vom ›Bäck‹. Da gab's diese elektrische Eisenbahn, einen Hochkran und einen Bagger, bei dem man die Schaufel echt bewegen konnte! Ein paar völlig uninteressante Puppen saßen auch da im Fenster rum. »Da hättns liaba no an Bulldog histelln solln, mit am Odlfassl!«, beschwerte sich der Alois. »Mei«, sinnierte ich, »für de Madl muass hoit aa was gebn.« Das vergaßen wir Buben meistens, denn beim ›Neimoar‹ stand es ja schließlich 7:1 für uns.

»Des is des Beste!« Der Berni zeigte auf die kleine Dampfmaschine links im Schaufenster. Die bewunderte er schon die ganze Adventszeit. In den glänzenden Messingkessel konnte man wirklich Wasser einfüllen und dann mit einer Karbidtablette einheizen. »Und vo dem Dampf draaht si dann echt des Schwungradl! Und pfeifa konns aa!«

Aber der Alois stand schon völlig versunken vor dem Hochkran. Das war kein ›glumperts‹ Plastikteil. Dieser hier hatte einen schwenkbaren Ausleger und war aus Metallschienen zusammengebaut. »Den konn ma dann ja aa ausananda baun«, überlegte der Alois und hatte in Gedanken bereits den Minischraubenschlüssel in der Hand.

Mir hatte es die Märklin-Eisenbahn angetan. Ich sah schon die elektrische Lok mit ihren dreizehn Waggons mitten durch unsere ›Stubn‹ fahren und weiter in die Küche und dann – beladen mit ›Weihnachtsguadln‹ – wieder zurück in die ›Stubn‹. Eine ganze Gleislandschaft entstand da in meinem Kopf: mit Bahnhöfen, Stellwerken, Tunneln und Brücken.

Natürlich wussten wir, dass ›a extrigs Gschenk‹ für jedes Kind sowieso nicht drin war beim ›Neimoar‹. Ja, nie! Aber träumen darf man ja. »Schaung kost nix«, sagte ich und wir drückten uns weiter die Nasen platt, bis uns die Kälte aus unserer weihnachtlichen Schaufenster-Meditation holte. »Jetz schaumaramoi, was ma kriang. Wenns nur koa Puppn is!« Der Alois stupste mich an: »Mi frierts! Geh ma!« Wir drei stapften fröstelnd los Richtung ›Neimoar‹. Der erste Schnee war schon liegengeblieben und im Dorf schien es noch stiller geworden zu sein.

Dann war endlich Heiligabend! Wir konnten es kaum noch ›dawartn‹. Den ganzen Nachmittag hatten wir uns schon im größten beheizten Raum die Zeit vertrieben: im Stall. Hier war es auch im kältesten Winter warm. Die ›Ökoheizkörper‹ standen wiederkäuend in einer Reihe und schauten uns zu, wie wir uns in dem großen Heuhaufen vor dem Futterbarren eine Höhle bauten. Draußen war es inzwischen dunkel und die Mama sang beim Melken *Oh, Du Fröhliche.*

»Mach schnoi an Schlupf zua!«, schickte der ›Bap‹ den Alois zum Hühnerstall, damit der Fuchs sich nicht bei uns seinen ›Weihnachtsbraten‹ holen konnte. Der Sigi stand vor unserer bravsten Kuh, der Lina, und streckte seine kleine Hand über den Futterbarren. »Des kitzlt so schee!«, lachte er, wenn Lina sie mit ihrer rauen Kuhzunge abschleckte.

»I hob a supa Idee!«, rief der Alois, als er wieder zurück in den Kuhstall kam. »Mia spuin jetz Jesuskind im Kripperl!« – »Genau! Und des werd unser Kripperl«, meinte der Berni und stellte ein ›Weidenschwingerl‹ vor sich hin. Dann zitierte er salbungsvoll wie unser Pfarrer aus der Weihnachtsgeschichte: »Sie legte ihn in eine Krippe.« Ich war begeistert und wollte gleich den Korb mit Heu auspolstern. »Do hob i was Bessers mitbracht! Des is vui woacher!«, hielt mich der Alois auf und legte ein flauschiges, weihnachtlich glitzerndes Vlies ins ›Schwingerl‹. »So! Und Du host die Hauptrolle, Sigi!«

Ausnahmsweise war der Sigi gleich einverstanden, denn er stellte es sich wohl sehr schön vor, wie wir ihn in dem ›Kripperl-Schwingerl‹ schaukeln würden. Aber unseren trotzigen, knapp dreijährigen Bruder dann dazu zu bringen, sich ganz auszuziehen, das war schon schwieriger. Doch der Alois bestand darauf: »Des Jesuskind war nackert!« Da half kein ›I mog net!‹ Wir zogen den Sigi kurzerhand aus und legten ihn auf das weiche Polster. »So schee hots des Jesuskind fei net ghabt!« Dann wiegten wir ihn in dem Weidenkorb und sangen dazu mit gespielter Andacht: »Sti-ill, sti-ill, still ...« Die Mama stimmte vom Melkschemel aus gleich mit ein: »... wei-eils Kindlei-ein schla-afen will.«

Doch von wegen sti-ill! Auf einmal fing der Sigi an zu weinen und zu jammern. Zuerst freuten wir uns noch:

»Des is ja wia in echt!« Aber sein Geschrei wurde immer jämmerlicher. Die Mama wurde misstrauisch, stellte den Milcheimer weg und kam zu uns rüber. »Ja, was machts ihr denn do mitm Sigi!?«, rief sie entsetzt und hob ihn schnell aus dem Schwingerl. Sein Rücken war feuerrot. Wir schauten ziemlich betreten hinterher, als sie den Sigi eilig in die Waschküche trug, um ihn abzuwaschen. Dieses ›schöne, weiche, glitzernde Jesuskind-Betterl‹ war wohl Glaswolle gewesen. Gott sei Dank ging es dem Sigi nach der Waschung gleich wieder besser, aber ›Jesuskind spuin‹ wollte er nicht mehr.

Alle Kühe waren gemolken und der ›Bap‹ hatte den letzten ›Mistkarrn‹ rausgefahren. Jetzt wurde es mystisch. Die Mama ging in die Küche, holte mit der Aschenschaufel ein paar Brocken Glut aus dem Herd und streute etwas Weihrauch darauf, während unser Vater überall im Haus die Lichter ausmachte.

Nun zogen wir in einer langen Prozession durchs dunkle Haus, von der Küche durch die Stube und alle Kammern und weiter in den Stall, unsere Eltern voraus, wir Geschwister hinterher in einer Wolke von Weihrauch und nur spärlich beleuchtet von der Glut. In jedem Raum machte unsere Mama mit der Schaufel ein Kreuz und wiederholte ihren Segensspruch »Glück und Gsundheit« mit fester Stimme wie eine Hohepriesterin. Die Kühe schienen davon nicht sonderlich beeindruckt, aber uns Kindern wurde bei diesem Ritual so ›komisch-heilig‹ zumute, dass wir fast vergaßen, wie ungeduldig wir auf die Bescherung warteten. Bis heute versetzt mich der Duft von Weihrauch immer wieder zurück in diese eigentümliche Heiligabendstimmung, so zwischen heidnisch und katholisch.

Wir Kinder mussten danach noch im Stall warten. Die Spannung war kaum noch auszuhalten. Dann läutete endlich das ›Glöckerl‹! Sturm auf die ›Stubn‹! Aber an der Tür hielten wir doch kurz inne, denn auch die Stube wirkte so anders im Schein der Christbaumkerzen, so feierlich. Unsere Mutter stimmte *Stille Nacht* an und alle sangen mit, sogar unser ›Bap‹, der sonst nie sang, brummelte leise mit. Und dann – die Bescherung! Die Lisbeth und der Franz kriegten beide ein Paar warme Handschuhe, der Sepp selbstgestrickte Socken. ›Da Bap‹ bekam – wie alle Jahre wieder – seine Flasche Eckes Edelkirsch und für ›unser Mam‹ gab es eine neue Kittelschürze – von ihr selbst gekauft und verpackt.

Wir jüngeren Brüder bekamen alle miteinander – Jetzt kommt's! – eine elektrische Märklin-Eisenbahn. Sensationell! Ganz besonders für mich. Es gab zwar zur Lok nur drei Waggons und aus dem umfangreichen Schienennetz meiner Phantasie wurde gerade mal ein kleines Oval, auf dem man den Zug im Kreis fahren lassen konnte. Aber wir waren trotzdem alle total begeistert. Mit dem Drehknopf am Trafo konnte man die Lok langsamer und schneller fahren lassen und jeder wollte mal der ›Zugführer‹ sein.

Für die ›Heiligabend-Würschtl‹ mit Sauerkraut hatten wir kaum Zeit, denn wir wollten unbedingt weiter spielen, die Waggons mit ›Weihnachtsguadln‹ beladen und probieren, wie schnell man den Zug fahren lassen musste, damit es die süße Ladung ›aus da Kurvn haut‹. Das war dann jedes Mal ›a gfundns Fressn‹ für den Sigi. Aber irgendwann hat es ihm die ›Augndeckl runter ghaut‹ und der ›Bap‹ hob ihn aufs Kanapee. Da lag er dann – selig schlafend wie das Jesuskind.

Kurz vor Mitternacht gingen unsere Eltern und die drei großen Geschwister zur Christmette ins Dorf runter. Als sie wieder aus der Kirche heimkamen, lagen vier Buben mitten in der ›Stubn‹ vor den Gleisen. Und die Märklin-Eisenbahn fuhr noch immer leise surrend im Kreis.

Am nächsten Tag tüftelte der Alois aus, dass man mit dem vorhandenen Gleismaterial sogar einen Achter bauen konnte. Der Alois halt.

Terzln mit Stallhall

Wir hatten tatsächlich zwei ›Tante Mares‹ in der Familie. Es bestand aber keine Verwechslungsgefahr: Die Tante Mare, die ›schware‹, war die Schwester meines Vaters und die Schwester meiner Mutter war die Tante Mare, die dürre. Sie war die Einzige von den acht Geschwistern meiner Mutter, die nicht verheiratet war, also eine ›Oaschichtige‹, Single würde man heute sagen. So lebte und arbeitete sie in den 50er Jahren auf unserem Hof.

Ich habe ihr viel zu verdanken. Sie hatte, wie meine Mama, eine wunderschöne Stimme. Die beiden sangen den ganzen Tag und überall: beim Kochen, beim Waschen und Bügeln, im Stall und im Garten. Vielleicht ist das auch das Geheimnis, warum den beiden Frauen die schwere, nie endende Arbeit leicht von der Hand zu gehen schien.

Meistens sangen sie Kirchenlieder oder alte Volkslieder – wie *Am Brunnen vor dem Tore* oder *Kein schöner Land in dieser Zeit* – interessanterweise aber keine bairischen Lieder. Warum wohl? Eine Erklärung liegt vielleicht darin: Die Tante Mare und meine Mama gingen im Kloster in Au am Inn zur Volksschule. Hier hatten die Ordensschwestern das Sagen, die den ›Bauernmadln‹ erst einmal das Bairische austrieben. »Das heißt nicht ›Ouanwaschl‹, sondern Ohr, Maria!« – »Wir sagen nicht ›arschlängs‹, wir sagen rückwärts, Elisabeth!«

Das war schon eine heftige Umstellung für die Mädchen, die bis dahin im tiefbairischen Dialektbad der Familie geschwommen waren und nie ein Wort Hochdeutsch gehört oder gar geredet hatten. Denn bei ihnen am Nechel-Hof hatte es weder Fernseher noch Radio gegeben, ja, noch nicht einmal ein Kinderbuch, aus dem ihnen jemand auf Hochdeutsch vorgelesen hätte. Doch den beiden hat's wohl gefallen, ›des Hochdeitsche‹. Sie waren ihr Leben lang stolz darauf, bei den gebildeten Klosterschwestern die Volksschule besucht zu haben, und sie sangen oft die Lieder aus ihrer Schulzeit.

So war das Singen für uns Kinder allgegenwärtig und vertraut. Ich ging immer gern mit in den Stall, denn wenn die beiden Frauen beim Melken zweistimmig das *Maria zu lieben* sangen, war das so schön, da kauten sogar die Kühe ein bisschen leiser. Am schönsten aber war es, wenn mich die Tante Mare zu sich auf den Melkschemel zog. Da sie recht dünn war, hatte ich mit meinem Kinderpopo auch noch Platz auf dem kleinen Hocker. Dann lehnten wir uns mit den Köpfen an den warmen Kuhbauch, sie melkte rhythmisch mit den Händen und wir sangen dazu.

Meine Tante Mare konnte sogar auch ›terzeln‹! Sie stimmte erst zusammen mit mir ein Lied an und wechselte dann in die zweite Stimme, eine Terz über der meinen. Und das klang wunderbar! Besonders mit dem Original-Stallhall, den das böhmische Gewölbe unseres Kuhstalls dazu lieferte. Das war so prägend, dass ich bis heute aus dem Stand eine zweite Stimme zu jedem Lied singen kann. Gelungene musikalische Früherziehung, würde ich sagen.

Und der Tante Mare hat unser Zweigesang wohl auch Freude gemacht, denn immer und überall animierte sie mich: »Geh weida, Werner, sing ma doch was vor aus Deim Biache!« Dann setzte ich mich zu ihr auf den Schoß und wir sangen Wange an Wange im Duett ein Lied nach dem anderen aus dem alten, zerfledderten Buch, das ich irgendwo bei uns im Haus gefunden hatte: ›Der junge Musikant – Liederbuch für die bayerischen Volksschulen‹. Da gab es zu jedem Lied ein Bild, das ich beim Singen immer ganz genau anschaute.

Später arbeitete die Tante Mare dann nicht mehr bei uns, sondern auf dem Hof von der Tante Ottilie, einer anderen Schwester meiner Mutter. Ich vermisste sie und unsere ›Gesangsstunden‹. Darum besuchte ich sie oft mit meinem ›Liadabiache‹ unterm Arm, obwohl der Weg dahin ziemlich weit war für einen kleinen Buben. Einmal hatte ich aber mein Buch daheim vergessen. Ich kratzte mich verlegen hinterm Ohr, als sie mich zum Singen aufforderte. »I konn Dir heit nix vorsinga, Tante Mare, i hob mei Biache net dabei.« Sie schmunzelte, denn ich konnte ja noch kaum lesen und sowieso alle Lieder auswendig. Doch sie verstand, dass ich die Bilder einfach brauchte. Denn mit den Bildern kamen die Melodien und die Worte wie von selber zu mir. »Is scho guad, Werner. Dann spuist hoit a bisserl mit der Otti und der Marille.« Meine Cousinen, die Ottilie und die Maria, sind ungefähr so alt wie ich und ich spielte gern mit ihnen.

Vorm Dunkelwerden schickte mich die Tante Mare nach Hause. »Pfiad Di, Werner. Und guad aufpassn beim Hoamgeh!« Ich machte mich auf meinen langen Heimweg: den Berg runter bis zur Tankstelle, wo ich die gefährliche B 12 überqueren musste, die damals noch mitten durchs Dorf ging, dann an der Kirche und am ›Bäck‹ vorbei und auf dem Wiesenweg rauf zum ›Neimoar‹. Da dämmerte es bereits und ich hörte schon von Weitem die Mama im Stall singen: »Abendsti-ille ü-überall, nur am Ba-ach die Na-achtigall«.

Manchmal schicke ich ein dickes Danke rauf zur Tante Mare und zu meiner Mama. Denn die Liebe zur Musik und zum Singen habe ich den beiden zu verdanken – und die Liebe zu den Kühen.

Deshalb habe ich den beiden Frauen ein Kinderlied gewidmet, vielleicht mein bekanntestes:

Die Kuah, die wollt ins Kino gehn

I erzähl Euch jetzt a Gschicht
Die werds Ihr mir net glaubn
Und manche sagn sogar
Die Gschicht, die is a Schmarrn!

Des is die Gschicht. – Ja, was für a Gschicht?
Ja, von der Kuah! – Ja, was für a Kuah?

Von der Kuah, die wollt ins Kino gehn
In den neien Film
Da wos jetzt alle Schlange stehn
Wos alle eine wolln

I geh heut no ins Kino
Sagt die Kuah zu de andern Küah
Do fangn die andern 's Lacha o
Ja, des glaubn mir Dir nia!
Doch die Kuah macht sich scho fertig
Und holt ihr Dirndlgwand
Die andern Küah, die stehen do
Recht saubläd umanand

Mei, des Dirndl trogt scho auf
Des macht mi scho vui dicker
Do wär der schwarze Minirock
Scho a Stückerl schicker!
Sie legts erst weg, dann nimmt s'es wieder
Des Schürzl und des Gwand
Mei, es is einfach bequemer
Und ma segt, ma kommt vom Land!

Heut is Föhn, drum hat die Kuah
A hochmoderne Föhnfrisur
Die stylt sie sich no speziell
Mit hausgemachtem Fladen-Gel
Sie nimmt den grünen Nagellack
Für die Vorderzehn
Und die Wurzelbürschtn
Zum Putzn für die Zähn!

Ausweis, Geld ins Handtascherl
Und a Kräuterlutschbonbon
Schnäuztücherl und Lippenstift
Und so a Odel … A Odel? A Odel de Cologne
Weil in da Stadt sans alle schee
Und ois is elegant
Alle riachns guad
Und tragn immer 's beste Gwand!

So geht die Kuah einfach drauf los
Einfach in Richtung Stadt
Die andern Küah hams recht dableckt
Dass sie an Vogel hat
A Kuah, die sich so außaputzt
Do muass ma sich im Nama
Von alle Küah, von alle Küah
Aber wirklich schama!

Doch unser Kuah, die denkt sich:
Mei, die meisten Küah san bläd!
Kennan hoit bloß Milli gebn
Was anders kennans net!
So geht die Kuah die Straß entlang
In d'Stadt eine is weit
Um achte geht des Kino o
Sie hat nimma vui Zeit!

So geht die Kuah scho fast zwoa Stund
Die Fiaß dean ihr scho weh
Hätt i bloß die flachn Schuah ozogn
Dann kannt i vui besser geh
Do hält oana am Straßenrand
Schaut wia a Metzger aus!
Grinst mit seinem Schweinegsicht
Aus dem Fenster raus:
I kannt Sie ganz leicht mitnehma
Mit eine in die Stadt
Doch da sagt die Kuah spontan
Dass sie kein Sitzfleisch hat
Na, Dankschön, sagt sie glei
Des muass wirklich net sei
Mit so'm Schwein, hat sie sich denkt
Do lass i mi net ei

Aufamoi is in der Stadt
Mei, do is ganz schee was los:
Straßn, Häuser, Autos
Aber wenig Gras!
Doch sie hat a Büscherl Heu
Als Brotzeit mit dabei
Und den Wiederkäuer-Kaugummi
Hats allewei im Mei

Schau, do is a Schaufensta
Mit so feine Stöckerlschuah!
Die wollt die Kuah glei anprobiern
Doch da Ladn war zua
Was is denn des für a Treppe?
A ganz a bsondre Art
Man steht da drauf und rührt si net
Und die Treppn fahrt!

Wie wärs Frau Kuah, wolln Sie net aa amoi
Mit der U-Bahn fahrn?
Na, des is was fürn Maulwurf
A Kuah fahrt mit da Tram!
So fahrt sie mit der Trambahn
Und da sieht sie a Haus
Da steht davor a Schlange:
Des Kino! – I muass raus!
Der Schaffner, der hält o
Und auße springt die Kuah
Bald hätt sie sich an Schwanz ei'zwickt
So schnell gehn die Türn da zua

Endlich is im Kino
Ihr is scho angst und bang
Mei, hoffentlich net ausverkauft
Weil die Schlang is lang!
Sie miassat aa amoi
Hoffentlich hams do so a Klo!
Weil bei uns draußt auf da Wiesn
Da geht's ja aa aso!

Aufamoi gehts doch ganz schnell:
Bitte, einmal 1. Reih!
Sie, zeign S' amal Ihrn Ausweis her!
Ja, den hob i scho dabei
Der Kassier schaut gar net freundlich:
Sie san ja erst fünfeinhalb
Der Film is erst ab sechse
Sie sind ja noch ein Kalb!
Die Kuah is ziemlich traurig
Mei, was soll ma macha?!
Sie setzt sich an a Tischerl hi
Des is net zum Lacha!

Sie kratzt sich an de Haxn
Und dann noch am Horn
Und isst da aus der Tütn
Ein angepopptes Korn

Alle gehns ins Kino nei
Nur unser Kuah bleibt draußt
Sie denkt aa scho ans Hoamgeh
Obwohls ihr davor graust
Sie draht si nomoi um:
I bin hoit doch a dumme Kuah!
Da kommt der Karten-Abreiß-Mo
Direkt auf sie zua:

Sie, I hab da in der letztn Reih
Da hätt i no a Platzerl frei
Jetzt kommen S' einfach mit
Und setzn Sie sich nei

Vor lauter Freud hat ihm die Kuah
A saftigs Busserl gebn
Da hat ihm die Wange tropft
Da war er ganz danebn
Die Kuah, die sitzt im Kino
Der Film is wunderbar
Und wissts Ihr, was für a Film
Ja, was für a Film des war?

Des war der Film. – Ja, was für a Film?
Ja, von der Kuah! – Ja, was für a Kuah?

Von der Kuah, die wollt ins Kino gehn
In den neien Film
Da wos jetzt alle Schlange stehn
Wos alle eine wolln

Das mysteriöse Schuahwackln und die unheiligen Nebeneinkünfte

»Mia wackln de Schuah aso!«, hat der Sigi gesagt, als er an einem Winterabend mit dem ›Bap‹ vom Dorf heimgekommen ist. Der Alois und ich hörten sofort mit unserer ›Rumrankelei am Kanapee‹ auf. »Bist sicha?«, hat der Alois erstaunt gefragt. Dass Schuhe zu eng sind oder drücken, das kann schon sein, aber dass sie wackeln? »Doch, de wackln!«, hat der Sigi insistiert und auf seine Schnürschuhe runter geschaut. Da haben wir ihm geholfen die ›wackligen‹ Schuhe auszuziehen und sie direkt vor ihn hingestellt. »Schau moi, Sigi, de wackln net, Deine Schuah. De hoitn si ganz staad.« Doch der Sigi ließ nicht locker: »Aber de ham gwacklt beim Hoamgeh!«

Die Mama, die schon Ungutes witterte, holte schnell ein ›Haferl‹ Wasser aus der Küche und drückte es dem Sigi in die Hand. »Des trinkst jetz glei aus!« Und den ›Bap‹ fragte sie misstrauisch: »Was habts eahm denn gebn beim Wagner Gust?« Der ›Bap‹ druckste rum: »I woaß aa net«, und zog sich schnell die ›Joppn‹ zur Stallarbeit an. »Aber Du muasst es doch wissn! Du warst doch dabei!«, setzte die Mama verärgert nach. »Da Schmied Hans hotn hoit amoi von seim Bier trinka lassn«, brummelte er im Hinausgehen.

»Mannaleit!«, hat die Mama vor sich hin geschimpft. Dann hat sie den Sigi aufgefordert in der Stube auf und ab zu gehen. »Und? Sigi?«, hab ich gefragt. »Naa, jetz gspür is nimma, des Schuahwackln.« Der Alois und ich lachten drauf los: »Du host ja aa koane Schuah mehr o!« Die Mama aber schnaufte erleichtert durch und ging nun auch raus in den Stall zum Melken. Da musste sich unser ›Bap‹ so einiges anhören. »Des lassts fei in Zukunft bleibn!«, rief sie ihm hinterher als er gerade eine Mistkarre zur Stalltür hinausschob. Wenn es um das Wohl ihrer Kinder ging, kannte die Mama keinen Spaß.

Der Sigi war bei der ›Schuahwacklerei‹ so um die fünf Jahre alt und ging gern mit dem ›Bap‹ runter ins Dorf zum Schmied Hans oder zum Wagner Gust, wo unser Vater an den Sonntagnachmittagen oft ›vorbeigschaugt‹ hat – zum ›Hoagartn‹ oder ›Hoagascht‹, wie man auch gesagt hat. Damit war damals keine Fernsehsendung mit Volksmusik gemeint, sondern ein unangekündigter Besuch. Da musste man kein Essen auffahren, wenn da einer einfach so ›vorbeigschneibt‹ kam. ›A hoibe Bier‹ hat's vielleicht gegeben und man ist auch einfach weiter seiner Arbeit nachgegangen. Beim Einstreuen im Stall konnte man sich wunderbar über die neue Lehrerin aus München unterhalten. »De werd si no umschaung! De kon ja koa Wörterl Boarisch!«, grantelte der ›Huaba Thomas‹ an der Stalltür mit der Bierflasche in der

Hand. »Und de Unsern koa Wörterl Hochdeitsch!«, konterte die Mama vom Melkschemel aus schlagfertig.

Dem Sigi war das noch ziemlich wurscht, gerade lief er wieder mal hinter den jungen Katzen her durch den Stall. Er liebte die Katzen, aber die leider nicht immer ihn. Einmal wollte er unbedingt ein kleines, schwarzes ›Katzerl‹ waschen und schleppte es zum Waschbecken in der Küche. Als er aber dann den Wasserhahn aufdrehte, da nahm das Kätzchen fauchend Reißaus. Und unserm ›kloana Katznbabba‹ blieben mal wieder nur die ›Katznkratza‹.

Was den Sigi am meisten begeisterte, war ›Bulldog-Fahrn‹. Das war das Allerhöchste für ihn! Seit er laufen konnte war er mehr auf dem Bulldog als auf dem Boden. Sobald er das Anlassgeräusch unseres 16er Eichers hörte, war er nicht mehr zu halten. Raus und rauf auf das kleine ›Holzlattenbankerl‹, das über dem linken Hinterrad angebracht war. Da konnte man ihn kaum wieder runter bringen, er war förmlich verwachsen damit.

An einem Herbsttag war er mal wieder bis abends mit unserm Vater auf dem Bulldog unterwegs. Zwischendurch ist er sogar eingeschlafen, der ›Bap‹ hatte ihn aber vorsorglich mit einem Strick – sozusagen als Sicherheitsgurt – am Geländer des ›Bankerls‹ festgebunden. »Ja, host Du denn des net grocha?!«, hat die Mama gefragt, als er den Sigi wieder bei ihr ablieferte. »Am Namittag hob i scho amoi gmoant … Aber dann auf d'Nacht hot ma nix mehr gschmeckt.« – »Des hot si verriebn«, hat der Sigi trocken bemerkt, als ihm die Mama ›de brauna Brösl‹ runtergewaschen hat.

Durch seine inbrünstige Bulldog-Verehrung konnte der Sigi – wie auf Knopfdruck – die Startgeräusche des 16er Eichers originalgetreu imitieren. Auch deshalb nahm ihn der ›Bap‹ gerne mit ins Dorf. Aber der Sigi hatte noch eine andere besondere Fähigkeit, die den Unterhaltungswert bei Schmied Hans & Co enorm steigerte. Er konnte aus dem Stand fluchen wie ein Großer. Ja, gleich eine ganze Litanei von Flüchen haute er raus aus seinem kleinen Kindermund. Die hatte er sich wohl vom ›Bap‹ abgehört, der auch gerne alle Heiligen vom Himmel holte, wenn ihm was schiefging.

Als der Wagner Gust dem Sigi mal ›zwengs der Gaudi‹ ein ›Fünferl‹ fürs Fluchen in die Hand drückte, hat der ziemlich schnell begriffen, dass sich mit der ›Fluacharei‹ sogar Geld verdienen lässt. Von da an ging bei ihm nix mehr mit der einfachen Aufforderung: »Fluach amoi, Sigi!« Da musste schon ein ›Fünferl rüberrutschn‹, je nach Länge der Litanei auch mal zwei.

Für das ›Bulldog-Anlassn‹ war sogar ein ›Zehnerl‹ fällig. »Des is net so einfach!«, sagte der Sigi trotzig zum Wagner Gust. Einmal führte er seine ›berühmt-berüchtigte Anlasser-Imitation‹ beim Schmied drin gleich einer ganzen Runde von Männern vor. Als Zugabe schob er noch einige ›Zakrament-Kreizkruzifixe‹ hinterher. Und dann – hat er sie alle abkassiert, der fünfjährige ›Stopsl‹ mit dem finsteren Blick. Danach ist er gleich rauf zum ›Bäck‹ gelaufen, um seine ›Gage‹ in Süßigkeiten umzusetzen. »Und, Sigi? Hast wieda gfluacht?«, hat ihm der ›oid Bäck‹ zugezwinkert, als er ihm das Capri ›Steckerleis‹ von Langnese über die Ladentheke reichte. Der Sigi schob die 30 Pfennige zu ihm rüber und antwortete mit einer Mischung aus Stolz und schlechtem Gewissen: »Aber nix da Mama sogn!«

Das Fluchen war damals unter den Männern sehr verbreitet, obwohl es als schlimme Sünde galt, für die einem der Pfarrer im Beichtstuhl mindestens fünf Vaterunser auferlegte. Die Frauen, die Gebete zum Himmel schickten, aber bei Gott keine Flüche, konnten sie damit ordentlich schockieren. Aber gerade darum hatte das Fluchen wohl eine Ventilfunktion für die Männer in dieser Zeit des allgegenwärtigen und allmächtigen Katholizismus, dessen HüterInnen in den Familien vor allem die Frauen waren. Sie brachten an Freitagen kein Fleisch auf den Tisch, sie waren es auch, die die Erntedankkörbe für die Kirche richteten, das Haus für die Fronleichnamsprozession schmückten, die Kinder zum Gottesdienst schickten und vor jeder Mahlzeit das Tischgebet anstimmten.

Die meisten Männer gingen sonntags nur in die Kirche, weil man's eben macht. Dabei kamen sie spät und gingen früh. ›Mann‹ drückte sich, den Hut in der Hand, erst zum Gloria leise in die Kirche rein, möglichst weit hinten in der Nähe zum Ausgang. Spätestens nach dem Evangelium gingen die ersten schon wieder raus und beim Wirt nebenan zum Frühschoppen. Während sich die Frauen bei der Wandlung andächtig bekreuzigten, bestellten sich die Männer bereits das zweite Weißbier.

Diese männliche Art des ›Kurzkirchgangs‹ war von allen Seiten stillschweigend akzeptiert, sogar vom Pfarrer. Der beeilte sich selbst, nach der Messe aus dem Talar zu steigen, denn er freute sich auf seine Sonntagszigarre, ein Weißbier und die Schafkopfrunde beim Wirt. »I spui mit da Blauen!«, hat er dann dem Wandinger zugerufen. »Oache-Solo!«, hat der gekontert und ›den Oidn‹ hingeschmissen. Alle haben brav ihre ›Trümpf beigebn‹ und bestimmt hat der Pfarrer sie währenddessen nicht gefragt, ob sie bei seiner Predigt zum *Gleichnis vom verlorenen Sohn* auch gut zugehört haben.

Ob der Pfarrer aber Sigis ›gotteslästerliche Vorführungen‹ auch so locker genommen hätte, das wissen wir nicht. Die Mama jedenfalls hätte den Sigi ordentlich ›zamgstaucht‹ und den ›Bap glei damit‹, wenn sie von den ›unheiligen Nebeneinkünften‹ erfahren hätte.

Vom Bier hat der Schmied Hans unseren Sigi jedenfalls nie mehr trinken lassen und so blieb auch dieses mysteriöse ›Schuahwackln‹ ein einmaliges Ereignis und kam nie wieder vor.

Erstkommunion von Siegfried, unserm Sigi, 1965

Nie wieder Schuastababist

›Versteckstdi‹ war das ideale Kinderspiel für uns ›Bauernbuam‹. Man rennt im Freien rum, es kost' nix und – es ist spannend! Besonders auf unserm Bauernhof, wo es beim ›Hennahäusl‹, hinter den ›Hollerstaudn‹, auf dem Heuboden oder im ›Stadl‹ mit all dem ›Graffl‹, was da rum lag, lauter ›guade Platzerl‹ zum Verstecken gab. Wir spielten damals aber auch ein ganz besonderes ›Versteckstdi‹, dem wir auch einen ganz besonderen Namen gegeben hatten: ›Schuastababist‹.

Der ›Schuster Baptist‹ war unser nächster Nachbar direkt an der alten B 12, da wo die Kiesstraße zu unserm Hof rauf abzweigte. Da hatte einst einmal das alte ›Schuastahäusl‹ vom ›oidn Schuasta‹ gestanden, dem Papa vom Baptist, den alle den ›kloana Schuasta‹ genannt hatten, weil er so ›a kloans Manschgerl‹ gewesen war. Bis in die 1950er Jahre hatte er in dem kleinen Häuschen eine Schusterei betrieben.

Er hatte aber nicht nur Schuhe repariert, er konnte auch neue machen, war also noch ein richtiger Schuhmacher gewesen.

Sein Sohn, der Baptist, wurde aber dann Maurer und so war es kein Wunder, dass er Anfang der 60er das kleine ›oide Schuastahäusl‹ abriss und sich ein neues, größeres baute. Als gelernter Maurer zog er den Rohbau natürlich selbst hoch. Das sparte viel Geld, dauerte aber auch viel länger, denn er konnte nur nach Feierabend und an den Wochenenden arbeiten.

Ein Rohbau, direkt bei uns ums Eck! Alle Räume noch ohne Türen und Fenster, keine Treppen, nur mit Leitern kam man von einem Stockwerk zum anderen, Zementsäcke, Ziegelsteinhaufen und Planen lagen überall rum. Wir Buben waren begeistert! Das war der ideale Ort für ein völlig neues, abenteuerliches ›Versteckstdi‹.

Einmal war wieder ›Schuastababist‹ eingesagt unter uns ›Eingeweihten‹ – streng geheim! Sonst durfte keiner etwas davon erfahren, denn wenn das Ganze aufgeflogen wär', hätt's bestimmt ›an saubern Ärger‹ gegeben. Doch nix ist schöner als das Verbotene. Diesmal trieb der Baumann Seppi den Nervenkitzel aber auf die Spitze. Er sagte am Pausenhof hinter vorgehaltener Hand ›Schuastababist‹ für Samstagabend ein. »Samstag?! – Ja, spinnt da Beppi? Da arbeit er doch auf da Baustell!« – »Aber nur solang er no was sehgt«, konterte der Seppi lässig. Wir mussten also abwarten, bis es gegen Abend dunkel wurde. ›Rohbau-Versteckstdi‹ im Finstern, das war an Abenteuer nicht mehr zu überbieten!

Der Baumann Seppi schlenderte ab dem Nachmittag immer wieder auffällig unauffällig am Neubau vorbei um zu sehen, ob der ›Schuster Baptist‹ noch auf der Baustelle werkelte. Dann lief er zum ›Neimoar‹ rauf, um uns Bericht zu erstatten. Die Sonne stand schon tief, als der Seppi endlich Meldung machte: »Er is weg!« Endlich! Jetzt aber schnell! Wir liefen den Berg runter, da kam uns schon der Wandinger Rudi entgegen. Unsere Rohbau-Bande war also komplett. Der Seppi, der Rudi und wir vier ›Neimoar-Buam‹: der Sigi, der Berni, der Alois und ich, wir waren die sechs mutigen Abenteurer an diesem nebligen Herbstabend.

Als wir in den Rohbau schlichen, dämmerte es schon. War er wirklich weg? Wir spitzten die Ohren. Nix mehr zu hören, alles klar, die Luft war rein. Rein ist gut gesagt, die Luft war geschwängert mit Kalk- und Zementgeruch und es war feuchtkalt zwischen den frischen Mauern. ›Mucksmäuserlstaad‹ schlichen wir durch die Räume, die später mal Wohnzimmer, Küche und Klo werden sollten. Aber als der Alois im zukünftigen Klo einen imitierte, der auf der Schüssel sitzt, und drückte bis er einen roten Kopf hatte, da war's gleich aus mit ›staad‹. Saulustig!

Der Baumann Seppi erklärte sich als Erster bereit den ›Schuster Baptist‹ zu spielen. Er konnte dessen Stimme perfekt nachmachen: »Jetz schleichts Eich! Es Hundskrüppln! Oan wenn i dawisch, dann steck i eahm in die Betonmaschin und lassn hundert Moi umadrahn!« Das klang so echt, da lief es uns eiskalt den Rücken runter, obwohl es doch nur der Baumann Seppi war und nicht das Original, der ›Schuster Baptist‹ selber.

»So, jetz, auf gehts!« Der Baumann Seppi musste natürlich ›einschauen‹, also Kopf an die Ziegelwand, die Augen zuhalten, bis 50 zählen und dann den Schlussspruch rufen: »Hinter meiner, vorder meiner, links, rechts guits nix! Oans, zwoa, drei, ich komme!« Als der ›Schuastababist-Seppi‹ dann im Halbdunkel mit der übergroßen Maurerjoppe durch den Rohbau schritt, um uns aufzuspüren, da wurde uns wirklich etwas mulmig in unseren Verstecken. Die Joppe war übrigens wirklich original, denn die ließ der Baptist immer auf der Baustelle an der Betonmaschine hängen.

Der Alois und ich hatten uns hinter einem Stapel aus Zementsäcken versteckt und gerade kam der Seppi gefährlich nah an unserem Versteck vorbei. »Oan, wenn i dawisch!«, begann er wieder seine wilden Drohungen durch den Rohbau zu schicken.

Da hörten wir ein Motorrad ranfahren, der Seppi verstummte: »Kimm schnoi! Do her!«, winkte ihn der Alois in unser Versteck hinter den Säcken. »Da Schuasta Babist! Jetz samma dro!« Der Seppi war ganz außer sich. Wir hörten Schritte näher kommen. Jetzt hatten wir alle eine Scheißangst! Ganz nah schon an unserem Versteck, direkt vor der Betonmaschine blieb er stehen: »Des gibts doch net! De hob i doch do highängt!«, schimpfte er laut vor sich hin.

Warum wollte er ausgerechnet an diesem Samstag seine Joppe mitnehmen?! Die hing jetzt fatalerweise nicht mehr an der Betonmaschine, sondern am Seppi dran. »De hot er doch nia mitgnomma!«, flüsterte der Seppi verzweifelt. »Wenn er jetz do bei uns hintn suacht?!« Da kam der ›Schuster Baptist‹

wirklich direkt auf unser Versteck zu! »Glei findt er uns!« Doch da drehte er plötzlich ab und kletterte die Leiter zum ersten Stock hoch. Das war die Gelegenheit! Der Seppi riss sich die Jacke runter und warf sie auf die Zementsäcke, hinter denen wir kauerten. An Flucht war nicht mehr zu denken, vor sich hin fluchend kam der Baptist schon wieder die Leiter runter. Der Seppi fing leise an zu beten und legte noch ein ›Schnell-Gelübde‹ ab. »Ich werde nie wieder Schuastababist spielen!«, murmelte er und bekreuzigte sich zur Verstärkung.

In dem Moment sah der Baptist seine Joppe: »Do liegts ja! Und i hätt schwörn kenna …« Wieder kam er direkt auf unser Versteck zu. Wir machten uns so klein wie wir konnten und trauten uns kaum zu atmen, denn jetzt trennten uns nur noch die Zementsäcke! Und dann – nahm er einfach nur seine Joppe vom Stapel, ging schnurstracks aus dem Rohbau hinaus, startete sein Motorrad und fuhr davon.

Wir schnauften auf. Aber wo waren denn die anderen? Da stiegen der Berni, der Sigi und der Wandinger Rudi nacheinander die Leiter runter. Aber keiner sagte etwas. Nicht mal ›Pfiad Di‹. Und sechs nicht mehr ganz so mutige Abenteurer liefen durch die Dunkelheit nach Hause. Danach spielten wir nie wieder ›Schuastababist‹.

Viele Jahre später saß ich mal mit dem ›Schuster Baptist‹ in seiner Küche auf ein Bier zusammen, ziemlich genau da, wo damals die Zementsäcke lagen. Wir redeten über alte Zeiten und kamen auf'n Baumann Seppi. Auf einmal schmunzelte er: »Aber a bisserl z'groß wars eahm scho, mei Maurerjoppn.«

Backerlsuppn, Brot und Büstnhalter, Butter, Kas und Kittlschürzn

Reichertsheim war nicht nur unser Dorf, es war unsere Welt. Ein kleiner autarker Kosmos, denn hier gab es alles, was man brauchte. Einen Schmied, einen Schreiner, einen Wagner, einen Fassmacher, einen Schuster, einen Bauunternehmer, etliche SchneiderInnen, eine Brauerei, zwei Limofabrikanten, zwei Wirtshäuser, eine Schule, eine Hebamme und sage und schreibe vier Läden hatten wir in unserem kleinen Ort bis in die 70er Jahre.

Da war der Metzger. Und bei dem gab's das beste Schwarzgeräucherte weit und breit. Dafür kamen sogar die Leute aus der Umgebung nach ›Reischham‹. Jede Woche hat der ›Metzga-Dammerl‹ geschlachtet, so drei oder vier Schweine und dazu noch einen Stier oder einen Ochs'. Alle Tiere kamen von den umliegenden Bauernhöfen, da hat man gewusst, woher das Fleisch war. ›Alles aus der Region‹ – so würde man das heute großartig bewerben. Damals war das einfach normal.

Die ›Metzgerin‹ war eine Meisterin der Kommunikation und sie legte besonderen Wert darauf, jede und jeden mit Namen anzusprechen. »Deafs a bisserl mehra sei, Resi?« Aus dem Dorf kannte sie ja sowieso alle. Aber wenn eine neue Kundin ›von auswärts‹ kam, da hatte sie ihren besonderen Dreh, um in weniger als einer Minute deren Namen rauszubekommen – und zwar ganz ohne danach zu fragen. »Was deafs denn sei, Frau ...?« Lächelnd hielt sie die Pause so lange, bis man nicht anders konnte, als in die ›sich ziehende Stille‹ seinen Namen einzufügen.

Beim nächsten Mal wusste sie das gleich verkaufsfördernd einzusetzen: »Griaß Gott, Frau Brandl! Mengs heit amoi unsern frischn Leberkas probiern?« ›Kundenbindung‹ – so würde man das heute nennen. Die ›Metzgerin‹ wusste intuitiv und ganz ohne Verkaufsschulung, dass sowas gut fürs Geschäft ist.

Die drei anderen Läden bei uns im Dorf waren der Radlmair, der Obstmeier und der Thalmaier. Lauter Meier, wenn auch unterschiedlich geschrieben. Was allerdings vor dem Meier stand, war ziemlich irreführend. Der Obstmeier, kurz ›da Obsti‹ genannt, verkaufte eigentlich gar kein Obst, sondern hauptsächlich Kleider und Stoffe. Der Radlmair verkaufte keine ›Radl‹, dafür aber Brot und Semmeln, weil er auch ›da Bäck z'Reischham‹ war. Aber der Thalmaier, der verkaufte wiederum ›Radl‹, obwohl über seinem Eingang in schönen Lettern KOLONIALWAREN stand, weil er auch Exotisches aus fernen Ländern im Angebot hatte: Kaffee, Tee, Gewürze, Datteln und sogar Ananas – na ja, Ananas in der Dose.

Gemischtwarenläden waren sie aber alle drei und zwar im besten Sinne. Denn es war eine wilde Mischung, was sich da so alles in lustiger Zusammenstellung auf den Ladentischen türmte, in den Regalen stapelte und in den Schaufenstern präsentiert wurde: ›Backerlsuppn, Brot und Büstnhalter, Butter, Kas und Kittlschürzn‹ und dazwischen Waschmittel, Pralinen, Eutersalbe und im Oktober natürlich – in dekorativ gestapelten Plastiksäcken – die Graberde.

Beim Thalmaier gab's dazu auch noch Glühbirnen sowie Nasenringe für Ochsen und – sogar Benzin! Denn er betrieb auch die örtliche Tankstelle, sogar mit zwei Zapfsäulen. Ein lukratives Geschäft war das damals, als die B 12 noch mitten durchs Dorf und direkt beim Thalmaier vorbeiging. Viel Verkehr? – Klar, sogar Fernverkehr! Aber das hat zu dieser Zeit keiner negativ gesehen.

Wir Buben sind oft am Rand der B 12 gesessen, haben Laster gezählt und gerätselt, welche Städte sich wohl hinter den ›exotischen‹ Nummernschildern verbargen. So fühlten wir uns in unserer kleinen Reichertsheimer Welt voll angebunden an die große, weite Welt.

Den totalen Verkaufsschlager der 60er hatte der Obstmeier und zwar in vielen Größen, Farb- und Mustervariationen und aus topaktuellem Nylon: die legendäre Kittelschürze, das Universal-Kleidungsstück jeder Hausfrau. ›Mei, die Kittelschürzn!‹ – billig, praktisch, bügelfrei, figurverhüllend, abwaschbar, pflegeleicht, ja, unverwüstlich und vor allem – völlig atmungsinaktiv. Da war der Obsti ganz vorn dran mit seinem Angebot.

Ja und der Radlmair und ›Bäck z'Reischham‹, der konnte einfach die besten Semmeln backen. Weit und breit hat die keiner so hingekriegt wie der ›Bäcker Thomas‹. Und von den faden Backmischungserzeugnissen und dem Aufbackzeug aus Industrie-Fertigteiglingen heutiger Bäckereiketten waren seine Brezn und Semmeln sowieso meilenweit entfernt!

Den Laden vom Radlmair gibt's als einzigen Laden bis heute. Nicht mehr so herrlich-chaotisch wie damals nach dem Motto: Wir haben alles, man muss es nur finden. Aber das Angebot ist immer noch genau so vielfältig und mit vielen regionalen Spezialitäten wie Imkerhonig, Mehl von der Draxmühle und natürlich Musik von Sternschnuppe. Und bis heute gibt's auch eine besondere Backspezialität: die ›Spitzl‹. Der ›Bäcker Tom‹ backt diese Milchsemmeln mit Rosinen immer noch nach dem Rezept vom ›oidn Bäcker Thomas‹ und zwar – genau wie früher – nur in der Zeit um Allerheiligen.

›Da Bäck‹ spielte in unserer Kindheit aber noch eine ganz andere und ganz wichtige Rolle. Und zwar schlagartig ab 1960. Denn da bekamen sie beim ›Bäck‹ einen Fernseher! Schwarz-weiß natürlich.

Von da an war die ›Stubn vom Bäck‹ eine Pilgerstätte für uns ›Neimoar-Buam‹, allerdings eine unsichere. »Probier mas wieda?!«, hat der Alois gefragt, als wir an einem Samstagabend mit den ›Millibitschin‹ zum Dorf runter liefen, um wie jeden Tag frische Milch von unserm Hof zu liefern.

Die ›Bäckin‹ nahm uns an der Haustür die zwei Kannen ab, wie immer mit einem ›grantign‹: »Do seids ja endlich!« Als sie dann die Milch nach hinten in die Küche brachte, haben wir es wirklich probiert!

Wir schlichen uns in die kleine Stube gleich links neben der Haustür. Da thronte es, das Fernsehgerät, hoch oben – über allem – genau gegenüber dem Herrgottswinkel. Und davor saß der ›oide Bäck‹ in seinem Ohrensessel, zufrieden und mit der Pfeife im Mund bei seiner neuen Lieblingsbeschäftigung, beim ›Fernsehschaung‹.

Mucksmäuschenstill drückten wir uns hinter ihm vorbei und setzten uns auf das alte Kanapee. »Scho moi guad ganga!«, flüsterte der Alois, denn der ›oide Bäck‹ schien uns gar nicht zu bemerken. Gerade kam Werbung, die fanden wir besonders toll! »Wer wird denn gleich in die Luft gehen?« tönte eine sonore Stimme aus dem Fernseher, denn das HB-Männchen hatte wieder seinen berühmten Wutanfall.

Da hörten wir, wie die ›Bäckin‹ im Hausgang die leeren Milchkannen abstellte. »Ja, wo sans denn jetz wieda, de Buam!?« Wir hielten die Luft an. »Wenns jetz einaschaugt, dann schickts uns hoam«, flüsterte ich. Aber sie schlurfte, leise vor sich hin ›grantelnd‹, zurück in die Küche. Glück gehabt! Unser Fernsehabend schien erst mal gerettet. Nach der Tagesschau tauchte ein lässiger Herr zusammen mit seinem Butler auf dem Bildschirm auf: Hans-Joachim Kulenkampff, mit seiner legendären Rate-Quiz-Show *Einer wird gewinnen.*

Mein Gott, war das spannend! Wie konnte der ›oide Bäck‹ dabei nur einschlafen?! Nach zwei Stunden kam die letzte, alles entscheidende Frage! Der Quizmaster Kulenkampff und sein Kandidat allein im Scheinwerferkegel! Wir standen vor Aufregung auf dem Kanapee. Und dann – kam die ›Bäckin‹ rein: »Ja, was dats denn Ihr do? Hoibe Elfe! Jetz gehts aber glei hoam, Buam!«

Schuldbewusst sprangen wir auf, schnappten uns die Milchkannen und liefen raus in die Nacht. Schon vom Wiesenweg aus sahen wir, dass beim ›Neimoar-Hof‹ kein einziges Licht mehr brannte. ›Mam und Bap‹ waren längst im Bett und wir schlichen leise die Treppe hoch in unsere Kammer, wo der Berni und der Sigi auch schon fest schliefen. Schnell schlüpften wir in unser Bett, Rücken an Rücken unter einer Zudecke. Da drehte sich der Alois noch einmal zu mir um: »Jetz wiss ma net, ob er gwonna hot, da Kandidat.«

Am Montag vor der Schule klärte uns der Moier Josef auf: »Der beim Kulenkampff, der hot fei wirklich gwonna!« – »Was?!«, rief der Alois, »Habts Ihr jetz aa an Fernseher?!« Der Josef spannte stolz seine Hosenträger. »Seit vorletzter Woch. Nächsten Sonntag kimmt Fury, do kennts kemma!« Wir konnten's kaum glauben! Jetzt hatten wir eine zweite Fernsehmöglichkeit, noch dazu untertags und ganz offiziell mit Einladung! Nach und nach gab's dann immer mehr Fernseher in unserem Dorf. Irgendwann hatte jeder Hof und jedes Haus so ein Gerät.

Wir ›Neimoar-Buam‹ blieben aber noch lange ›Fernseh-Nomaden‹, denn es dauerte bis zum Ende der 60er, bis der

Fernseher auch bei uns Einzug hielt. Der ›Bap‹ platzierte ihn direkt im Herrgottswinkel. Da musste der Herrgott umziehen. Dass unsere ›tiefkatholische‹ Mutter diese Entthronisierung erlaubt hat, wundert mich bis heute. ›Mei, dem Herrgott wirds wurscht gwesn sei.‹

Als wir langsam immer mehr Fernsehoptionen hatten, verlor der ›Bäck‹ seine große Bedeutung für uns Buben als einzigartigem ›Fernsehstandort‹ und das tägliche ›Milliobitragn‹ wurde wieder unattraktiver. Aber als Bäcker und Gemischtwarenladen war er immer wichtig und unverzichtbar ›da Bäck‹. Und das ist er heute noch für die ›Reischhamer‹. Wie schön!

Allen Bäckern und Einzelhändlern ist dieses Lied gewidmet:

Der Kettenhasser

Bei uns da vorn am Eck gibt's jetzt a neue Bäckerei
A cooles Ambiente und a Café dabei
Verkäuferinnen, rotes Schürzel, wirklich super nette
Dann fällt's ma auf, dann kimm i drauf:
I glaub, des is a Kette!

Frisch aus dem Backparadies, so sans da gleng
Die Semmeln ham koa Paradies und a koan Bäcker gseng!
Des Zeug stammt aus der Backfabrik, is alles tiefgefrorn
Des werd bloß no zum Aufbacka in Ofa eine gschobn
Standardsemmeln, Standardbrezn, Brote und Baguette
In Standardnorm und Standardform
Mir san bei einer Kette!

In Dörfern und in Städten
Überall triffst Du auf Ketten
Man kann sich vor Ketten nimmer retten!
Ob Minga, Erding, Passau
I bin – ein Kettenhasser!

Kette, das Wort, klingt scho nach Unfreiheit und Zwang
Und wenn ma bloß no Kettn ham
Dann dauert's nimmer lang
Metzger, Bauern, Bäcker, die verreckn Schlag auf Schlag
Dann gibt's koane andern Gschmäcker
Nur noch den Kettengschmack
Dann schiebns von Minga bis nauf nach Norderney
Den selben Fertigbreznbrei in ihre Öfen nei!

In Dörfern und in Städten
Überall triffst Du auf Ketten
Man kann sich vor Ketten nimmer retten!
Ob Minga, Erding, Passau
I bin – ein Kettenhasser!

I renn glei hoam und dann zurück zur Filiale
Und kett mi mit ner Kuahkettn an eines der Regale
I mach a Riesenmettn: Hey, rettet uns vor Ketten!
Doch koana mog mit mir, de Welt vor Ketten rettn
Aber seng wolln sie mi scho, den Depp do am Regal!
Jetzt kimmt a no der Pressefritz vom örtlichen Journal
Alle druckens eina, die Verkäuferinnen schwitzen
Weil die ersten scho vorn auf der Vitrine sitzen

Da kommt a schwarzer BMW, der Chef, der steigt aus:
Ja, wie cool ist das denn! Da machen wir was draus!
Er is ganz begeistert von der Kettenaktion
Und bietet mir glei Auftritte in seinen Läden an
Ob Minga, Erding, Passau
Nur exklusiv bei uns! Der Original-Kettenhasser!

In allen Filialen sing i das Kettenhasser-Lied
Die Umsätze, die steigen, die Kunden singen mit
Die Presse, die ist immer da mit Blitzlichtgewitter
I hob fünftausend Freunde auf Facebook und auf Twitter
Ja, i kriag so viel Angebote, i konn mi gar net rettn:
Großkonzerne und natürlich Ketten

In Dörfern und in Städten
Überall triffst Du auf Ketten
Man kann sich vor Ketten nimmer retten!
Ob Minga, Erding, Passau
I bin – ein Kettenhasser!

Der ›Bäck z'Reischham‹ in den 1950ern

Watschn hinterm Altar

Suscipiat Dominus sacrificium de manibus tuis ad laudem et gloriam nominis sui, ad utilitatem quoque nostram totiusque Ecclesiae suae sanctae. Amen.

›Do legst Di nieda!‹ Geschrieben ist es ja schon eine Zumutung, das lange lateinische Antwortgebet der Ministranten bei der Gabenbereitung, aber bring das mal auswendig einigermaßen über die Lippen als achtjähriger, bayerischer Ministrant! »Wenn i des hikriagt hob, dann bringst es Du aa hi«, ermutigte mich mein Cousin, der Meingaßner Hans, in tiefstem ›Boarisch‹. Er hatte ein Jahr zuvor die gleiche Hürde nehmen müssen. Latein war nämlich vor dem Zweiten Vatikanischen Konzil 1962 noch die allgemeine Liturgiesprache der katholischen Kirche. Verstanden hat niemand was – außer den Lateinlehrern vielleicht – aber das nahm man so hin, das war normal.

Also habe ich es geübt, das ›Suscipiat‹, von der Früh bis ›auf d'Nacht‹, denn ich wollte unbedingt Ministrant werden. Ministrant! Ja, da war man wer, wenn man ganz vorne dabei war in der ›Reischhamer‹ Kirche und dem Pfarrer bei den heiligen Handlungen assistieren durfte. Da fühlte man sich wie auf einer Bühne, die Zuschauer saßen andächtig und anerkennend in den Bänken. Man war auf jeden Fall etwas Besonderes, vielleicht sogar der Wichtigste nach dem Pfarrer und auf Augenhöhe mit dem Mesner.

Und ›Kohle‹ gab's auch! Ein einfacher Ministrant bekam 30 Pfennige ›Monatspauschale‹ und, wenn man Karriere machte, als Oberministrant sogar 60 Pfennige. »Was ma si do ois kaffa konn beim Bäck!«, schwärmte der Meingaßner Hans und wir träumten schon von einer ganzen Tüte ›Lutschguadl‹. Heute würde das den Kindern höchstens ein müdes Lächeln entlocken, aber für uns ›Bauernbuam‹ war dieser ›Hungerlohn‹ damals hochattraktiv, denn wir hatten weder Taschengeld noch irgendeine andere Möglichkeit im Dorf Geld zu verdienen, außer mit Fluchen. *Nachzulesen in der Geschichte ›Das mysteriöse Schuahwackln und die unheiligen Nebeneinkünfte‹*

Nach einigen Wochen Übungszeit brachte ich die lange lateinische ›Wortwurscht‹ endlich ohne Hänger hin. Aber bevor ich mich damit vor unseren strengen Pfarrer namens Trainer wagte, ging ich zuerst beim Meingaßner Hans vorbei und betete ihm das ›Suscipiat‹ vor. »Net schlecht, jetz muasst Di nur no hinknien dabei«, sagte er und deutete auf die Eingangstreppe. »Des mach i nur im Ernstfall«, wehrte ich mich.

Und eine Woche später, im Oktober 1961, war mein erster ›Auftritt‹ in der Sonntagsmesse. Alles lief gut und dann kam der gefürchtete ›Suscipiat-Moment‹. Es war ganz still in der Kirche. Der Meingaßner Hans und ich knieten auf den Stufen. Der Pfarrer, hoch über uns vorm Altar bei der Gabenbereitung, hörte genau hin bei unserem gemurmelten ›Bauernbuamlatein‹. Nur nicht hängenbleiben! Nicht so sehr wegen der Blamage vor der versammelten Gemeinde, nein, eher wegen dem Pfarrer. Aber bei meiner Premiere kamen wir zwei ganz gut durch. Er reagierte nur mit einem strengen Blick auf unser Genuschel. Und wir waren uns noch gar nicht bewusst, in welcher Gefahr wir schwebten, weil er auch ganz anders konnte, der Herr Pfarrer Trainer.

Das wurde mir erst klar, als ich später einmal zusammen mit dem Wimmer Max beim Karfreitagsgottesdienst ministrierte. An Karfreitagen durfte nicht geläutet werden, weder die großen Kirchenglocken noch unsere kleinen ›Ministranten-Glöckerl‹. Da mussten wir, anders als sonst im Kirchenjahr, ›Holzklappern‹ bedienen. Das muss ich hier kurz erklären: Diese ›Klappern‹ bestehen aus einem Stab, der durch ein Brettchen gesteckt ist und oben drauf einen kleinen, beweglichen Holzhammer hat, der nach beiden Seiten frei schwingen kann. Wenn man das Gerät nun schnell hin und her bewegt, macht der Hammer auf dem Brettchen ›Klack-Klack‹.

Obwohl unser Pfarrer Trainer hieß, hat er das nie mit uns trainiert und der Max war kein Naturtalent an der ›Klapper‹. Bei ihm erklang statt des gewünschten Doppel-Klacks oft nur ein verhungertes, einfaches Klack. Die Gesichtsfarbe unseres cholerischen Pfarrers ging schon ins Dunkelrote über, als wir ihn gemäß der Karfreitagsliturgie hinter den großen Hauptaltar begleiten mussten, wo er den Kelch mit dem ›Blut Christi‹ in den Tabernakel einschloss. An dieser Stelle hätte es auch ›doppelklappern‹ sollen. Aber wieder gelang es dem Max nur, den kleinen Holzhammer auf die eine Seite schwingen zu lassen. Klack! Da unterbrach der Pfarrer Trainer ganz unvermittelt seine heiligen Handlungen und gab dem Max eine gewaltige ›Watschn‹.

Ich bin so erschrocken, dass mir fast meine ›Klapper‹ aus der Hand gefallen wäre. Zum Glück nicht, sonst hätte er mir gleich auch noch eine ›geschmiert‹, jähzornig wie er war. Das Schlimmste aber war, dass wir zwei wieder mit dem Pfarrer nach vorne gehen und weiter ministrieren mussten, so als wäre nichts passiert. »Bloß jetz net woana!«, raunte ich dem Max zu, der mit roter Backe dastand und bis zum Ende des Gottesdienstes durchhalten musste, die ›verfluchte‹ Klapper in der zitternden Hand. Und daheim hat er nix gesagt, damit er nicht nochmal eine ›dawischt‹. Denn die Eltern standen im Zweifel immer auf der Seite des Pfarrers. Seine Autorität hatte niemand anzuzweifeln. »Der werd scho sein Grund ghabt ham!«

Aber dann hatte der ›Liebe Gott‹ ein Erbarmen mit uns Kindern. Denn nach dem Pfarrer Trainer kam der Pfarrer Kirmair nach ›Reischham‹ und zog mit seinen beiden Schwestern in unser Pfarrhaus ein. Er pflegte ruhig und gelassen die Rituale der Kirche, goss bei der Taufe den Babys liebevoll das Weihwasser über den Kopf, legte segnend die Stola um die Hände der Getrauten und tröstete bei der Beerdigung die Angehörigen mit ehrlichen Worten. Gesellig war er auch und nah an den Menschen. Am Sonntag nach der Kirche saß er oft beim Wirt bei einer gemütlichen Schafkopfrunde und manchmal lud er ›seine‹ Ministranten zum Frühstück ein.

Die Menschen fühlten sich aufgehoben und angenommen bei ihm, er war freundlich und geduldig und hatte Verständnis für alle. Er war ein Seelsorger im besten Sinne, denn er sorgte und kümmerte sich um die Seelen in seiner Pfarrgemeinde. Und – er konnte nicht nur verkünden und predigen, sondern auch zuhören und mitfühlen.

Für unsere Mama war die Religion – unabhängig vom Pfarrer – immer ein Anker, sie gab ihr Halt und Orientierung in ihrem Leben. Und auch die Kirche als Ort war ein wichtiger Rückzugsraum für sie. Daraus schöpfte sie die Kraft für ihr anstrengendes Leben als Bäuerin und Mutter mit so vielen Kindern. Ich habe sie zwar oft müde vom Arbeiten erlebt, aber nie frustriert.

Das Kirchenjahr, vor allem die großen Feiertage mit ihren Ritualen, strukturierten ihr Leben und gaben ihm Sinnhaftigkeit über das Alltägliche hinaus: die österliche Freude über die Auferstehung nach der dunklen Fastenzeit so wie der rituelle Spaziergang um die Felder zum Verstreuen der geweihten Eierschalen. Besonders kraftgebend waren gewiss die Maiandachten für unsere Mama, bei denen sie mit voller Inbrunst ihre geliebten Marienlieder sang. Dann Pfingsten, das spirituelle Highlight der katholischen Kirche, mit dem Heiligen Geist als Symbol dafür, dass es den Menschen

Mut und Einsicht einfach so vom Himmel regnen kann. Erntedank im Oktober, ein Fest der Achtung und Dankbarkeit für alles, was wächst und gedeiht. Allerheiligen mit seinem Gedenken an die Toten und der Auseinandersetzung mit der eigenen Sterblichkeit. Und in der damals wirklich noch stillen Adventszeit die Kerzen und die Vorfreude auf Weihnachten gegen die zunehmende Dunkelheit und Kälte draußen. Schließlich die Christmette, bei der die Weihnachtsbotschaft tatsächlich spürbar wurde, wenn in der ›Reischhamer‹ Kirche alle zusammen *Stille Nacht* sangen, ganz ohne Orgel und nur beleuchtet vom Schein der Kerzen an den Christbäumen. Wer da nicht katholisch wird!

Ich habe mich oft gegen die katholische Kirche positioniert in meinem Leben und habe viel an ihr auszusetzen. Manchmal werde ich sogar richtig zornig über die ganze Anmaßung und die Selbstgerechtigkeit von Kirche, Papst und Klerus. Dass sie Frauen immer noch wie Menschen zweiter Klasse behandeln und völlig ausschließen aus ihrem System, ihr gestörtes Verhältnis zur Sexualität und insbesondere zu Menschen mit anderer sexueller Orientierung und nicht zuletzt ihre Vertuschung und Deckelung von Missbrauch. Die Massenaustritte sind wie eine gewaltige ›Watschn‹ für die katholische Kirche als Antwort auf ihre Ignoranz und auf ihren jahrzehntelangen Reformstau.

Den derzeitigen Niedergang der Kirche – auch der evangelischen – sehe ich trotzdem mit gemischten Gefühlen. Wo treffen sich Menschen um gemeinsam innezuhalten und zu feiern, was über ihr kleines Leben und das Materielle hinaus geht? Wer füllt das spirituelle Vakuum? Wird Körperkultur und die Perfektionierung des eigenen Lebens, wird ›Me first‹ zur neuen Religion? Bastelt sich jeder seinen eigenen Glauben und sein eigenes Wertesystem zusammen, ganz für sich alleine? Eine weltumspannende Wertegemeinschaft ist doch gerade das, was wir brauchen als Gegenpol zu autokratischen Herrschern und Diktatoren, die sich einen Dreck um Menschenwürde und Werte scheren. Da könnten die Kirchen, unabhängig von staatlichen Machtinteressen und Profitstreben, eine wichtige Rolle als Richtungsgeber und Mahner spielen.

Aber gerade diese Rolle kann die katholische Kirche immer weniger ausfüllen, ihre Stimme verliert zunehmend an Gewicht, denn sie schwächelt in der Beschäftigung mit sich selbst ohne dabei voranzukommen. Meine Hoffnung auf eine tiefgreifende Reformierung schwindet mit jedem neuen Papst, der es, selbst wenn er reformfreudig antritt wie Franziskus, wieder nicht schafft die Kirche weiterzubringen, mit einer konsequenten Aufarbeitung der Missbrauchsfälle, Gleichbehandlung der Geschlechter und endlich einer Abschaffung des unseligen Zölibats.

Doch ich will die Hoffnung noch nicht aufgeben. Vielleicht bin ich deshalb auch noch nicht ausgetreten.

Der Bischof Satowaki, der rohe Fisch und der Schweinsbratn

Mit der ›Busslerei‹ hatten wir's nicht so. Also, dieses ›Gebussel‹ zur Begrüßung und zum Abschied, das hat's beim ›Neimoar z'Reischham‹ nicht gegeben. ›Griaß Di‹ und ›Pfiad Di‹, das hat gereicht. Und für die Fremden: ›Griaß Gott‹ und ›Pfia Gott‹. Manchmal haben wir dazu noch die ›scheene Hand‹ hergegeben, aber das war dann schon das Höchste der Gefühle. Ein ›Busserl‹? – Nein! Niemals!

Aber dann wär' da einer dahergekommen, dem hätten wir auch noch seinen Ring am Finger küssen sollen! Ja, geht's noch?! Bloß weil er ein Bischof wär', genauer gesagt der Bischof Satowaki aus Japan. Ja, und wie kommt jetzt Anfang der 60er Jahre des letzten Jahrhunderts ein Bischof aus dem fernen Japan nach ›Reischham‹ und dann auch noch auf unsern Bauernhof?

Also: Der Onkel Alois – das war der Bruder von unserm ›Bap‹. So haben wir übrigens alle unseren Vater genannt, einschließlich unserer Mama, obwohl er gar nicht der Papa von der Mama war. Und die Mama war die ›Mam‹ für uns alle, auch für unsern ›Bap‹, obwohl sie gar nicht die Mama vom Papa war.

Also nochmal: Der Onkel Alois – der war Pater im Redemptoristen-Kloster in Gars am Inn, also zuerst mal. Dann wurde er Missionar, weil ihn sein Orden nach Japan geschickt hat, um den Japanern beizubringen, dass es nur einen Gott gibt und nicht tausend und zwar nur den Gott der Katholiken. Aber die Japaner haben sich ›net drausbringa lassn‹. Sie glaubten einfach weiter an mehrere Götter, aber vor allem an Toyota und Mitsubishi. Da hatte der Onkel einen ›schweren Stand‹, wie er mal sagte. Trotzdem hat er nicht aufgegeben und bis zu seinem Tod versucht, die Japaner zu bekehren. 1978 wurde er dann fern der Heimat in Japan begraben.

Meine Taufe im Mai 1953 in der Reichertsheimer Pfarrkirche war übrigens seine letzte Amtshandlung, bevor er ins ›Land der aufgehenden Sonne‹ aufbrach. Deshalb bekam ich wohl auch als Einziger von den acht ›Neimoar-Kindern‹ einen zweiten Vornamen: Alfons, nach dem Ordensgründer der Redemptoristen Alfons von Liguori. Ich hätte den wunderschönen Namen Alfons nicht gebraucht, aber ich war bei meiner Taufe einfach noch zu jung, um mich zu wehren.

So alle fünf Jahre durfte der Onkel Alois auf ›Heimaturlaub‹ zu uns nach Reichertsheim kommen. Dann war ganz ›Reischham‹ aus dem ›Häusl‹! Der Sohn des Dorfes, ein Japan-Missionar, ja, fast schon ein Heiliger, stattet der Heimat einen Besuch ab. Wenn die Leute im Ort ihn gesehen haben, dann blieb das nicht bei einem einfachen ›Griaß Gott‹. Nein, die haben sich verbeugt wie vor einem ›Kini‹! Und wenn er dann in der ›Reischhamer Kirch‹ eine Messe gelesen hat, dann war die Bude voll! Acht Ministranten sind da aufmarschiert mit Fackeln und ›Weihrauchfassl‹ und haben die ›Kirch aso zuagraucht, dass es de oidn Weiba auf de hintern Bänk boid nimma daschnauft hättn‹. Und das alles wegen meinem Onkel – dem Japan-Missionar!

Gewohnt hat er bei der ›Hambergerin‹, die seine Schwester war und unsere Tante Mare, die ›schware‹. Ihr Mann, der Hamberger Franz, der hatte nach dem Krieg in seiner Garage das erste ›Reischhamer Kracherl‹ in zwei Geschmacksrichtungen zusammengebraut: Himbeere und Waldmeister. Schon bald wurde aus der provisorischen ›Kracherlmacherei‹ eine veritable Limofabrikation und so ›a guads Gschäft‹, dass beim Hamberger der Wohlstand einzog. Anfang der 60er hatten sie bereits ein großes Haus, deutlich mehr Geld und wesentlich weniger Kinder als beim ›Neimoar‹. Wir hatten zu dieser Zeit eine ständige Überbelegung in unseren Schlafkammern mit mindestens zwei Kindern in einem Bett, also kein Platz für Japan-Missionare.

Der Tante Mare hat man den Wohlstand und ›des guade Essn‹ schon schwer angesehen. Sie war ›a ziemlich Starke‹, wie man damals durchaus anerkennend gesagt hat. Und wenn der Onkel Alois auf Besuch da war, dann hat sie ihn immer gemästet mit den fettesten Köstlichkeiten aus der hambergerischen Küche. »Damit er a bisserl was auf de

Rippn hot, wenn er wieda zu de Japaner umifliagt und nur no an rohen Fisch kriagt.«

So, und jetzt kommt's, die Sache mit dem Bischofsring. Es war Anfang der 1960er, da brachte uns der Postbot' ganz aufgeregt einen Luftpostbrief mit rot-blauem Rand. In dem hat der Onkel Alois angekündigt, dass er beim nächsten Heimaturlaub einen waschechten japanischen Bischof mitbringt: den Bischof Satowaki aus Kagoshima. ›Do legst Di nieda!‹ Meine Mama war sowieso schon immer unter ›religiöser Hochspannung‹, wenn der Onkel Alois gekommen ist. Aber jetzt auch noch ein leibhaftiger Bischof! Und der kommt dann direkt zu uns. Passt in unsere Stube so viel Heiligkeit überhaupt rein? »Jessas, Maria und Josef! Was gebn ma dem zum Essn, die kennan doch bloß an Fisch und an Reis, de Japaner.« Die Mama war ziemlich in der Not, denn wir kannten ja nur den eckigen Fisch von Iglo aus der Verpackung! »Aber i konn doch einem Bischof koan Fisch aus de Verpackung anbietn!«

Dann die gute Nachricht im nächsten blauen Luftpostbrief vom Onkel Alois: Die Japaner essen auch Schweinefleisch. Gott sei Dank, da war die Mama erleichtert! »Oiso, dann mach i an Schweinsbratn mit Knedl und Kartoffesalat!« In dem Brief stand aber auch eine furchtbare Nachricht für uns ›Buam‹. Zur Begrüßung sollten wir den Bischofsring an seiner Hand küssen. »Na, des mach i net!«, ekelte sich der Berni.

Gegen Abend kam der Baumann Seppi zum Milchholen. »Ach, des miassts bloß übn«, hat er gesagt, als wir ihm von der schockierenden Neuigkeit erzählten. Der Seppi war ein begnadeter Schauspieler, bei unseren grandiosen Kinderhochzeiten spielte er immer den Pfarrer. »Da wärs zum Bischof aa nimma weit. Bischof kon i aa!«, hat er gemeint und sein ›Millibitschi‹ in die Ecke gestellt, um uns den Satowaki zu machen, sozusagen als Sparringspartner für uns ›Neimoar-Buam‹. Den Bischofsring hat der Alois besorgt, eine Beilagscheibe aus der Bulldog-Garage, die genau am Mittelfinger vom ›Seppi Satowaki‹ passte. Als bischöflicher Umhang diente ein altes Betttuch, das sich schon bei unseren Hochzeiten als Pfarrerverkleidung bewährt hatte, als Mitra trug er ein Nudelsieb auf dem Kopf.

Im Obstgarten unter dem Boskopbaum ließ sich seine Heiligkeit Bischof ›Seppi Satowaki‹ nun auf einem ausrangierten ›Kracherlkistl‹ vom Hamberger nieder, um uns zu empfangen. Die ›Ringküsser-Lehrlinge‹ an diesem Sommerabend waren der Alois, der Berni, der Sepp und ich. Der Sigi weigerte sich hartnäckig an der Übung teilzunehmen und verzog sich in den Stall zu den Katzen.

Wir stellten uns so ehrfürchtig es halt ging der Reihe nach auf. Demonstrativ gelangweilt schaute Bischof ›Seppi Satowaki‹ gen Himmel, winkte einen nach dem anderen mit der linken Hand heran und streckte die rechte gnädig zum Kuss hin. Aus dem Augenwinkel beobachtete er kritisch jeden Kandidaten. Der musste sich zuerst vor ihm verneigen, dann niederknien, den Kopf andächtig senken in Richtung Bischofshand, ehrerbietig den Ring küssen, wieder aufstehen, tief verneigen und langsam, ganz langsam rückwärts weggehen. Nicht flüchten! Wer es nicht ›heilig genug‹

hinkriegte, den schickte der ›Seppi Satowaki‹ gleich wieder nach hinten zum Anstellen in die ›Küsser-Schlange‹. Dazu läuteten dann auch noch passenderweise die Glocken von der Reichertsheimer Kirche zum Abendgebet. Da sprang der Seppi plötzlich auf und riss sich das Betttuch runter: »Scho so spät! D'Mam wart doch auf d'Milli! Pfiad Eich!« Er schmiss das Nudelsieb ins Gras und weg war er, der Bischof ›Seppi Satowaki‹!

Ein paar Wochen später ist er dann gekommen, der echte Bischof. Gleich am ersten Sonntag nach seiner Ankunft ist er mit dem Onkel Alois auf dem Grasweg vom Dorf herauf spaziert. Genau beim ›Zwölfeläutn‹ hat er die Stube beim ›Neimoar z'Reischham‹ betreten, der Bischof Satowaki aus dem 16.000 km entfernten Japan. Reingepasst hat seine Heiligkeit aber dann doch ganz gut in ›unsa Stubn‹. Eigentlich sah er sogar ein bisschen verloren aus, wie er auf unserer Eckbank saß, dieses ›zerhuzlte, kloane Manderl‹ im Bischofsgewand.

Und jetzt? »Küssen!«, flüsterte der Alois und schubste mich nach vorne, »Du fangst o!« Mir blieb nichts anderes übrig: Ich hab' mich brav verneigt, dann niedergekniet und den Kopf Richtung Bischofshand gesenkt. Geprobt ist geprobt. Aber – der Seppi hatte nicht so ›darunzlte‹ Finger ghabt! »Huift nix! Do muass i jetz durch!« Schnell ein verhuschter Kuss, aufstehen und langsam rückwärts weggehen. Geschafft! Jetzt waren die anderen dran. Zuerst nach der Reihe meine Brüder und dann meine Schwester. Am Schluss schob die Mama den Sigi nach vorne, der sich bis dahin hinterm ›Bap‹ versteckt hatte. Irgendwie hat er es dann auch hingekriegt, obwohl er ja bei unserem ›Küsser-Kurs‹ gar nicht dabei war. Diese Hürde war genommen! »Da Seppi hot wos guad bei uns!«, flüsterte der Berni. Jetzt hat die Mama den ›Schweinsbratn‹ aufgetragen und der Bischof Satowaki hat ganz ›schee zuaglangt‹. »Schmeckts?«, hat die Mama gefragt. Der Onkel Alois hat gleich übersetzt und der Bischof hat genickt und gelächelt. Und wieder war die Mama erleichtert.

Unser ›Bap‹ ließ das Ganze mehr oder weniger über sich ergehen. Er war eh nicht so begeistert von dem ganzen katholischen Brimborium und auch nicht davon, wie sich sein Bruder oft in unsere Familienangelegenheiten einmischte. Wenn es was Wichtiges zu entscheiden gab beim ›Neimoar‹ – wer von uns Kindern auf die höhere Schule geht oder wer den Bauernhof übernehmen soll – dann fragte die Mama immer zuerst den Onkel Alois, meistens per Luftpostbrief. »Ja, freilich! Der Alois! Der Gschtudierte!«, ärgerte sich der ›Bap‹. Gestunken hat ihm auch, dass sein Bruder nur noch Hochdeutsch gesprochen hat, als wäre das Bairische zu primitiv für einen Japan-Missionar.

Überhaupt hat unser Papa oft gelitten unter dem omnipräsenten Einfluss des Klosters Gars und der oberlehrerhaften, katholisch-moralischen Deutungshoheit des Onkel Alois, die wohl bis ins ›neimoarische‹ Ehebett hineinwirkte. Der Onkel Alois soll nämlich meiner Mutter nach der Hochzeit ein Buch zugesteckt haben über diese neue Knaus-Ogino-Methode. Darin stand nicht nur, wie man mit päpstlichem Segen verhüten konnte, sondern auch wie man es anstellen könnte, lauter Buben zu bekommen. Unsere Geschwisterfolge scheint das zu bestätigen. Erst ein Mädchen und dann sieben Buben sind wir geworden. Mindestens zwei davon sollten nach Wunsch vom Onkel Alois dann auch Priester werden. Keiner ist es geworden. Auch bei mir kam die Rebellion der 68er dazwischen – und das andere Geschlecht.

Bei einem Heimaturlaub Mitte der 70er hätten wir ihm unsere Freundinnen vorstellen sollen – zur Begutachtung. Das scheiterte aber schon allein daran, dass wir gar nicht gewusst hätten, welche von unseren Freundinnen wir denn hätten herzeigen sollen. Sein Einfluss und die des Klosters Gars auf unsere Familie ließen überhaupt merklich nach. Was war nur aus den braven ›Neimoar-Buam‹ geworden?! Respektlos fläzten wir uns vor ihm auf dem Kanapee, als er uns die Leviten lesen wollte. Mit hochrotem Kopf schleuderte er uns entgegen, die Beatles seien ein »Werk des Teufels!« Da hatte er endgültig verloren bei uns Beatles-Fans. Der Sturm der Zeit hatte auch unser kleines ›Reischham‹ erreicht.

Aber soweit waren wir damals noch lange nicht beim Besuch vom Bischof Satowaki. Zum Glück mussten wir zum Abschied nicht nochmal ran zum Küssen! Nach dem Schweinsbraten machten wir noch ein Foto, dann verabschiedete sich der japanische Bischof und spazierte mit dem Onkel Alois wieder den Grasweg zum Dorf hinunter.

Schon am selben Abend stand der Baumann Seppi mit seinem ›Millibitschi‹ neugierig grinsend bei uns im Stall. »Und, habtsn küsst, den Ring?« – »Naa!«, leugnete ich, »Mia ham bloß odeischt.« Der Alois kramte unseren ›Übungsring‹ aus seiner Hosentasche: »Do hob i no was für Di.« Er hatte in die rostige Beilagscheibe zwei große B geritzt. »Für Di, Bischof Baumann!« Da hat er gelacht, der Seppi, und ist zur Stalltür hinaus stolziert mit dem Ring an der rechten Hand und dem ›Millibitschi‹ in der linken. Und im Rausgehen hat er noch lässig hingeworfen: »Und wenns Ihr moi an Papst brauchts, Papst konn i aa!«

Schnappschuss vorm ›Neimoar-Haus‹ beim Besuch des Bischofs Satowaki (in der Mitte mit Kappe, rechts dahinter der Onkel Alois)

40 Knödel oder das grosse Fressen

Sonntag. High Noon! Die Mittagssonne brennt gnadenlos auf die Pflastersteine vor dem Haus! Drinnen sitzen sich sieben männliche Kontrahenten in angespannter Kampfhaltung am Tisch gegenüber. Die Gabeln gezückt, die Messer bereit. Ein ›Schweinsbratn‹ und 40 Knödel werden in die Mitte gestellt. Und los geht's! »Hoitauf! Buam!«, bremste uns die Mama aus und stimmte das Tischgebet an: »Oh Gott, von dem wir alles haben, wir danken Dir für diese Gaben. Du speisest uns, weil Du uns liebst. Oh segne auch, was Du uns gibst.«

Die ›Fütterung der Neimoar-Buam‹ sah oft aus wie bei den Piranhas im Amazonas, die eine ganze Sau im Nu zerlegen können, denn nach dem Tischgebet-Zwischenstopp ging nun endgültig das gnadenlose Hauen und Stechen los: Schnell mit der Gabel ein Stück Fleisch aus der Reine sichern, gleichzeitig mit der anderen Hand drei Knödel aus der Schüssel greifen. Nein, lieber noch den vierten dazu, auf Vorrat. ›Ma woaß ja nia!‹

Dann sofort reinhauen was geht und ›glei nomoi zuaschlogn‹. Der ›Bap‹ haute auf den Tisch: »Mia san doch net im wildn Westn!« Er musste oft ein Machtwort sprechen, sonst hätten meine Eltern und meine Schwester Lisbeth nur noch in die leere Reine ›einigschaut‹. Wären damals wirklich einmal zwei Knödel übrig geblieben, dann wären sie bestimmt auch vor uns davongelaufen, wie die in meinem Lied. Bis heute muss mich meine Frau beim Essen manchmal ausbremsen: »Lass Dir Zeit, Cowboy!«

Schweinsbraten gab's natürlich beim ›Neimoar‹ nicht jeden Tag, aber es gab immer genug zu essen bei uns. Milch, Eier, Kartoffeln und Mehl hatten wir ja reichlich auf dem Hof und daraus zauberte unsere Mama die leckersten Speisen in allen Variationen der bayerisch-bäuerlichen Küche. Mir läuft noch heute das Wasser im Mund zusammen, wenn ich an Dampfnudeln denke oder an Hauberlinge und ›Auszogne‹, rausgebacken im ›schwimmatn Fett‹. Warum man ›schwimmats Fett‹ sagt, erklärt sich mir bis heute nicht. Denn das Fett schwimmt ja nicht, sondern die ›Auszognen‹ im Fett. Egal, ›guad warns‹ auf jeden Fall! Und schwimmend im Fett, das war ›da Mama ihr Nachkriegsdiät‹.

Mit dem fortschreitenden Wirtschaftswunder ging es allen gut und immer besser. Der Toast Hawaii, Pommes frites und Currywurst waren die kulinarischen Errungenschaften der 50er und 60er Jahre. Zigeunerschnitzel und Jägerschnitzel eroberten die Speisekarten in allen Wirtshäusern. Und – ›Hauptsach vui!‹. Ein Wirt, der zu kleine Portionen anbot, überlebte nicht lange: »Do geh ma nimma hi, do vahungerst ja vorm Teller!«

Zwei Knödel

Zwei Knödel blieben übrig, gestern beim Mittagessen
Die Leute waren satt oder man hatte sie vergessen
Der eine, der hieß Fritz, der andere Franzisco
Da sagte der Franz zum Fritz: »Hey, wir gehn heut in die Disco!«
Sie rollten gleich davon, machten sich auf die Reise
Über Tisch und Bank, den Flur hinaus – Knödel rollen leise
Oh nein! Oh, nein! Die Haustür zu, jetzt ist alles aus!
Doch, schwupps, da sprangen sie zum Katzentürl hinaus

Ja, das ist die Geschichte von Franzisco und von Fritz
Von den beiden Knödeln, sie ist wahr – kein Witz

Die Straße lang, dann zwei Mal links und dann gleich rechts rein
Sie wussten's aus der Zeitung, da muss die Disco sein
Der Türsteher wollte sofort, na ja, man kann's verstehn
Von den beiden Knödeln die Ausweise halt sehn
»Mensch!«, sagten die Knödel, »das sieht man doch sofort!
Wir sind halt zwei Knödel und wir wollten einfach fort!«
»Also, wie alt seid Ihr? Ihr seid doch Brüder oder Schwestern?«
»Na klar, wir sind Brüder und wir sind von gestern.«

So kamen sie glatt durch und in die Disco rein
Da sagte der Franz zum Fritz: »Hey, man muss nur ehrlich sein.«
»Wow, ist das toll hier! Die Lichter bunt und grell
Die Musik so wild und laut. Jetzt tanzen wir ganz schnell!«
Sie hüpften und sie drehten sich und waren so gut drauf
Sie knödelten die Lieder mit und keinem fiel was auf
Sie waren lustig, ja, sie waren nur am Blödeln
Mein Gott, was soll's: Es sind halt eben Knödel

Nun war es schon Morgen und die Musik ging aus
Fritz und Franzisco gingen mit den Letzten raus
Draußen sah man schon das erste Morgenrot
Bald kaufen die Menschen wieder Knödelbrot
Vielleicht bleiben zwei Knödel übrig heut, wenn man Mittag isst
Weil die Menschen satt sind oder weil man sie vergisst
Vielleicht heißen sie diesmal Antonio und Tino
Vielleicht gehn sie heut Abend mit der Kuh ins Kino

Das wär dann die Geschichte von Antonio und Tino
Die gehn heute Abend mit der Kuh ins Kino

Bei Hochzeiten in diesen Jahren wurde praktisch den ganzen Tag hindurch gegessen und getrunken. Schon ›glei in da Friah‹ ging es los mit dem Weißwurscht-Frühstück, nach der Kirche kam das ausgiebige Mittagsmahl, danach gleich ›Kaffä und Kuacha‹ bis zum Abwinken.

Dann ging's rüber zum Wirt ins ›Weinstüberl‹. »Rot oda weiß, siaß oda saua?«, fragte die Bedienung und schob das ›Himmlische Moseltröpfchen‹ in ›Glaskriagerln‹ über die Tische. Nach der letzten Runde »Und wer im Januar geboren ist, trink aus, trink aus, trink aus!« waren alle so ›rauschig‹, dass der ›Hochzeitslader‹ sich ganz schön reinhängen musste, um die zugedröhnte Gesellschaft wieder in den Hochzeitssaal zu expedieren. Da warteten schon die ›übertellergroßen‹ Schnitzel. Und wenn es dann ›a bisserl zwickt hot‹, dann gab's ›a Schnapserl oder zwoaradrei‹ hinterher – zum Verdauen.

›Gsund oder net? – Wurscht!‹ Wenn jemand damals über gesundes Essen geredet hat, dann kam prompt die Frage: »Wiaso, is wer krank?« Ohne Fleisch? – »Des is doch koa Essen!« Salat? – »Ja, bin i a Kuah?!«

Es war überhaupt eine Zeit, in der man nichts, aber auch wirklich gar nichts hinterfragte. Nur die Richtung war klar, es ging aufwärts. Umweltschäden durch Pestizide? »Geh, weida!«, hat der Bauer gesagt, ist mit seinem Bulldog raus aufs Feld und hat munter das neue Wundermittel DDT verspritzt. Kein Käfer und kein ›Muckerl‹ haben in dieser Giftwolke überlebt. Wunderbar! Und der Bauer? ›A Guada hoits aus!‹ Auch in den Küchen und Stuben wurden die lästigen Fliegen mit ein paar Sprühern DDT aus der Spraydose ›vergast‹.

Apropos Spraydose, Müllentsorgung? – »Brauch ma net!« In die alte Kiesgrube direkt in ›Reischham‹ konnte man einfach alles hinein kippen, was man loshaben wollte: Bauschutt, ausrangierte Kanapees, kaputte Wäscheschleudern, Altöl, Autoreifen und Hausmüll aller Art. Und dann? »Hots wieda moi brennt in da Kiesgrubn.« Da brannte dann, was brennen konnte und es gab wieder Platz für neuen Müll.

In München war die Lösung übrigens: Entsorgen durch Vergraben. 1954 wurde die Mülldeponie in Großlappen eröffnet, insgesamt wurden da 12 Millionen Kubikmeter Abfall angehäuft und das nahegelegene Fröttmaning musste dem wachsenden Müllberg langsam weichen. Spätfolgen durch verschmutztes Grundwasser? Darüber machte sich noch keiner Gedanken, weder in München noch in Reichertsheim. Und überhaupt – Spätfolgen? Das ist ja dann später und ›do findt ma dann scho a Lösung – später‹.

Es herrschte völlige Unbekümmertheit. Ja, man ließ die Kinder in ›Reischham‹ sogar in der Müllkiesgrube spielen! Ein Eldorado für uns ›Neimoar-Buam‹. Der Alois fand dort einmal ein verbogenes Kinderwagengestell neben einem verkohlten Autoreifen. Er schob es nach Hause, reparierte es notdürftig in der Bulldog-Garage und wir holperten damit ›dradihui‹ den Schusterberg hinunter.

Dass es in der Müllgrube immer stank und manchmal auch rauchte, das war normal und machte uns nix aus. Es rauchte ja sowieso allerorts zu dieser Zeit, besser gesagt, man rauchte. Und zwar ständig und überall: im Wirtshaus, in der ›Stubn‹, sogar im Auto und auf dem Klo sowieso.

Was für eine Zeit der naiven Sorglosigkeit mit dem Glauben daran, dass es immer weiter aufwärts geht, dass alles immer besser, schöner, größer wird. Danach könnte man glatt Sehnsucht bekommen, aber wir leben in einer Zeit, in der wir die Folgen unserer bisherigen Sorglosigkeit ausbaden müssen. Die Klimaerwärmung macht mehr als deutlich, dass aus dem ›Später‹ ein dringendes ›Jetzt‹ geworden ist. Wir können mit unserem Raubbau an der Natur nicht mehr so weiter machen, nichts mehr verschieben und vertagen, wenn wir unseren Kindern und Enkelkindern eine einigermaßen intakte, lebenswerte Welt hinterlassen wollen.

Doch wer will schon auf was verzichten? Wir wollen über blühende Wiesen laufen, aber bitte trotzdem billig in den Urlaub fliegen. Ohne dass wir auch in unserem Leben etwas ändern, wird es nicht gehen. Aber die Frage ist doch, was macht wirklich unsere Lebensqualität aus? Was sind wir den nächsten Generationen schuldig? Und geht es überhaupt immer nur um uns? Es macht mich wütend, wenn ich die Bilder der riesigen Flächenbrände in Südeuropa sehe und die größte Betroffenheit in den Kommentaren zu sein scheint, dass die Deutschen ihren Urlaub abbrechen müssen! Dann denke ich, wir haben noch gar nichts kapiert.

Ohne Verzicht wird es nicht gehen. Wir brauchen Politiker, die uns Verzicht zumuten und den Mut haben zu entscheidenden Reformen, ohne auf Umfragewerte zu schielen. Zum Thema ›Verantwortung für unsere Umwelt‹ formulierte es der altersweise Alois Glück (CDU) ehrlich beschämt bei den ›Sonntagsgesprächen‹ am 24.07.2022 in Markt Schwaben: »Seit dreißig Jahren wissen wir alles, aber wir haben nichts getan.«

Ob es uns gelingt, das Ruder nochmal rumzureißen, weiß ich nicht. Aber weil ich im Grunde ein optimistischer Mensch bin und wir ohne die Vision einer besseren Welt nichts voranbringen können, glaube ich daran, dass uns das gelingen kann.

»Oiso dann, geh mas o!«

Ferien am Bauernhof, die Capri-Fischer am Brenner und Odel de Cologne am Fonsi

»Pfiad Di, Schui!« Von heute an war unsere Volksschule in Reichertsheim nur noch irgendein Gebäude für uns, an dem wir triumphierend vorbei radelten. Der letzte Schultag vor den Sommerferien, der schönste Tag im Jahr! »Sechs Wocha! So lang glang i di nimma o!« Damit pfefferte der Alois seinen alten, ledernen Schulranzen ins Eck und hockte sich zu uns an den Tisch.

Zur Feier des Tages gab's Dampfnudeln mit ›Hollerkompott‹. Nach dem Essen legten wir der Mama kommentarlos unsere Zeugnisse auf den Tisch. »Passt scho. Na ja, a bisserl fleißiger hätts scho sei kenna!«, kommentierte sie unsere Noten und Beurteilungen. Aber in unserem ›Bauernbuamlebn‹ gab es halt so viel Aufregenderes als die Schule. Und die Hausaufgaben zu viert oder zu fünft am Esstisch in der ›Stubn‹, das war alles andere als konzentrationsfördernd. Der Berni hatte immer einen Witz auf Lager, der Alois baute Papierflieger und ich sang aus meinem Liederbuch vor, während der Sigi unterm Tisch die Katzen tratzte. ›Grad schee wars!‹ – nur ordentliche Hausaufgaben kamen dabei nicht raus.

Aber irgendwie sind wir alle durch die Schule gekommen und unsere Mama – und erst recht unser ›Bap‹ – machten nicht viel Aufhebens um unsere Zeugnisnoten. Belohnungen für gute Noten? Essen gehen zum Ferienbeginn mit acht Kindern, die reinhauen konnten ›wie die Scheunendrescher‹? Was für eine lustige Vorstellung! Da wäre ja fast das ›Milligeld‹ von einem ganzen Monat weg gewesen.

In unserem Dorf gab es auch die ›Häuslleut‹, die hatten keinen Bauernhof, aber ein eigenes Haus. Von denen fuhren sogar schon einige in Urlaub. Urlaub! Das kam uns wie ein Fremdwort vor. Dann packten sie ihre Koffer, quetschten sich in ihre Isetta oder ihren VW-Käfer und tuckerten über den Brenner. Im Autoradio liefen *Die Capri-Fischer* und zusammen mit Rudi Schuricke sangen sie: »Wenn bei Capri die rote Sonne im Meer versinkt.«

Und wenn sie wieder heimkamen, schwärmten sie von Italien. Da fielen noch mehr so exotische Wörter wie Spaghetti, Gelato, Lambrusco, Lazise oder Jesolo und vor allem Pizza. Bald gab es dann auch die ersten Pizzerias in Deutschland, aber es dauerte noch viele Jahre, bis ich mir 1972 in der neu eröffneten Pizzeria von Waldkraiburg die erste Pizza meines Lebens bestellte. Natürlich Pizza Hawaii, denn den gleichnamigen Toast kannte ich schon, da konnte nicht so viel schiefgehen.

Aber erst mal zurück zum Beginn der Sommerferien 1960 nach ›Reischham‹. ›Große Ferien‹ – das klang für uns Buben nach großer, grenzenloser Freiheit! Aufstehen wann man wollte, in die Lederhosen springen und gleich ›naus bei da Haustür‹, durchs Dorf schlawinern, bei der Tante Ottil Frühäpfel ›zamklaubn‹ und mit dem ›Bap‹ rausfahren zum Heumachen, einfach im Baum hocken und sich den Bauch mit Frühzwetschgen vollschlagen, im eiskalten ›Wassergrand‹ tauchbaden und natürlich immer wieder ›Fangsdi und Versteckstdi spuin‹.

Aber das Allerschönste war das ›Fuaßboispuin‹ mit den Buben vom Dorf: dem Peterl, dem Schmied Hansi, dem Otto, dem Fonsi und dem Obstmeier Beppi, kurz Obsti genannt. Der besaß einen echten, teuren Lederball! Gespielt haben wir auf der Wiese gleich neben unserem Obstgarten. Barfuß natürlich und zwar alle, wegen der Gleichberechtigung, auch wenn der Schmied Hansi immer schon mit richtigen Fußballschuhen angetrabt kam. Als Tore dienten ein paar Holzstöcke, die wir in den Boden steckten.

Und schon begann die wilde Bolzerei und Holzerei, denn so richtig nach Regeln spielten wir nicht immer, aber immer: ›Neimoarmannschaft‹ gegen ›Dorfmannschaft‹. Da war voller Körpereinsatz gefragt. Zum Glück spielte auch unser ältester Bruder, der Franz, oft noch mit. Der konnte sich ganz gut durchsetzen gegen den fußballerisch schon versierten Schmied Hansi. Unsern Sepp stellten wir auch auf. Der hatte zwar von Fußball keine Ahnung, aber er war unser bester Mittelfeldspieler, denn er stand immer mitten im Feld, manchmal für uns ziemlich günstig und meistens für die anderen ziemlich im Weg rum.

Der Schmied Hansi entwickelte eine spezielle Spieltaktik. Einmal stand es 14:13 für uns ›Neimoarischen‹ und die ›Dörfler‹ waren schon total ausgepowert. Da ließ der Hansi einen taktischen ›Schoaß‹ voll in unserem ›Strafraum‹! Sofort schwächelte die Abwehr, da unsere Verteidiger fluchtartig ihre Posten aufgaben. Ausgleichen konnte die Dorfmannschaft aber trotzdem nicht, denn beim ›Schiaßn‹ war der Hansi nicht so treffsicher wie beim ›Schoaßn‹.

Da stürmte der Alois schon wieder aufs gegnerische Tor zu. Schuss! Der Otto blockte gekonnt ab, doch der abgefälschte Ball flog in hohem Bogen gefährlich in Richtung ›Odlgruam‹, die – »Oh, nein!« – wieder mal offen stand. »Schnoi! Schick Di!«, rief der Obsti dem Fonsi zu, der am nächsten stand und gleich ›wia a Vergifta‹ hinter dem wertvollen Lederball her rannte. Er konnte ihn gerade noch über dem ›Odlgruamloch‹ abfangen. Dabei rutschte er aber leider in einer ›Odllacka‹ aus. Als er wieder aus der braunen Pfütze aufstand, sahen wir die ganze Bescherung! Hemd und Hose trieften vor Odel. »Wia konn ma nur so stinga!«, wandte sich der Schmied Hansi ab.

Dem Fonsi kamen fast die Tränen: »Des, wenn d'Mama segt!« – »Geh weida! Geh ins Scheißhäusl und ziag Di aus!«, sagte trocken unser praktisch veranlagter Alois. Also zog sich der arme Fonsi im Plumpsklo beim Stall aus bis auf die Haut und reichte uns das infernalisch stinkende Kleiderbündel raus.

Das ›Scheißhäusl‹ – kleine Exkursion

Auf Hochdeutsch: das Plumpsklo, ein sehr passendes, lautmalerisches Wort für diesen eigentlich gar nicht so stillen Ort. Denn wenn das große Geschäft im ungebremsten, freien Fall in der Tiefe aufschlägt, dann plumpst es ganz schön.

Unser ›Scheißhäusl‹ war zum Glück nicht irgendwo draußen, wie bei so vielen anderen Höfen, sondern in unserm Kuhstall. Ein dreifacher Vorteil: Bei Toilettengängen im Winter war es nicht so ›arschkalt‹, in der Nacht mussten wir ›Buam‹ uns nicht vor ›freilaufenden Gespenstern‹ fürchten und die eigenen akustischen und olfaktorischen Emissionen gingen im allgemeinen Kuhstall-Ambiente unter.

Unser Klopapier waren alte Zeitungen, die uns die Mama mit der Schere zu handlichen Abschnitten zurechtschneiden ließ, um sie an einem Fleischerhaken im Klo aufzuspießen. Es waren vor allem unsere Tageszeitung, der Haager Bote und der Bayernkurier, das Parteiorgan der CSU, die wir da gnadenlos zu Klopapier verarbeiteten. Nur die Kirchenzeitung war vom Klopapier-Recycling kategorisch ausgeschlossen, da kannte die Mama kein Pardon. Mit ›Heiligenbuidl an Oarsch abputzn?‹ – ›Jessas, Maria und Josef!‹ Das hätte man beichten müssen! Die ›ausgelesenen‹ Kirchenzeitungen verwahrte sie im Holzkorb neben dem Kachelofen und nur an kirchlichen Feiertagen heizte sie damit das Feuer an.

Dass wir aber seine Parteizeitung derartig degradierten, konnte der ›Bap‹ als CSU-Mitglied der ersten Stunde kaum ertragen. Denn bei fast jeder Ausgabe schmückte Franz Josef Strauß flächendeckend die Titelseite. Und den schnitten wir dann einfach so auseinander und hängten auch noch den ›halberten‹ Kopf an den Fleischerhaken.

So Mitte der 60er Jahre kam dann die Erlösung für den ›Bap‹, denn da ersetzte das neue Wasserklosett unser altes ›Scheißhäusl‹ und gleichzeitig lösten die Blümchen auf dem neuen Rollenklopapier auch unseren Ministerpräsidenten ab.

Aber jetzt wieder zurück zum Fonsi. Der sitzt ja in meiner Geschichte immer noch in Kurzverwahrung nackert im ›Scheißhäusl‹. Der Berni und ich liefen mit dem ekligen Wäschebündel ums Haus zum ›Wassergrand‹ und versuchten die Sachen so gut es ging auszuwaschen. Na ja, gut ging es eben nicht, so im kalten Wasser und ohne Seife. Weder die Farbe noch der Geruch hatten sich wesentlich verändert. Wir wrangen alles so fest wie möglich aus, damit er es zum Heimgehen wieder anziehen konnte.

Trotzdem stand der Fonsi dann da wie ein begossener Pudel mit braunen Kuhflecken und war schon wieder den Tränen nah. Da kam unsere Mama aus der Haustür: »Ziagst des do o, Fonsi! Des ander wasch i Dir liaba nomoi bis morgn.« Und sie gab ihm eine trockene Hose und ein frisches Hemd aus unseren knappen ›neimoarischen‹ Beständen. Da war er aber erleichtert, der Fonsi und trabte mit den anderen ins Dorf runter.

›Auf'd Nacht‹ – es war schon längst dunkel – da lag ich mit dem Alois in der hinteren Kammer und wir besprachen nochmal das Fußballspiel in allen Einzelheiten, vor allem die Sache mit der ›Schoaßattacke‹ und die ›Odlgaudi‹. Im Hintergrund die vertrauten Geräusche, leises Muhen und das Rasseln der Ketten aus dem Kuhstall, dazu das Brummen der Lastwagen von der nahen B 12. Die leuchteten mit ihren Scheinwerfern bis in unsere Kammer. Da setzte sich der Alois nochmal auf. ›Schatten-Theater‹ war seine Spezialität: Schatten-Hasen, Schatten-Krokodile und Schatten-Hunde liefen da die Kammerwand entlang. Dazwischen kleine Pausen bis der nächste ›Brummer‹ uns wieder mit Licht versorgte. Nach und nach wurden die Laster immer weniger und die ›Theaterpausen‹ immer länger und in irgendeiner Pause müssen wir dann eingeschlafen sein. Als der ›Giggerl‹ uns am nächsten Morgen weckte, regnete es in Strömen.

»Des ideale Wetta!«, rief der Berni und war auch schon aus dem Bett. Und er hatte völlig recht, dieses Wetter war perfekt für unser Regenwetter-Lieblingsspiel. Wir sprangen in unsere Lederhosen, die vor dem Bett auf uns warteten, rumpelten über die steile Holztreppe runter, kippten uns schnell in der Küche ein ›Haferl‹ warme Milch rein und rannten gleich weiter zu unserm großen Indoor-Spielplatz – unserm ›Stadl‹. Da kletterten wir über die Leiter rauf zum Heuboden. Der war voll bis unters Dach mit frischem Heu und es stand noch die Hitze der letzten Tage hier oben.

»I fang do vorn o und Ihr auf da andern Seitn!«, rief der Alois und fing schon an zu graben. »Und in da Mittn treff ma uns!«, gab der Berni fachmännisch zurück und schon schaufelten wir zu viert wie die Maulwürfe lange Gänge durch den Heustock. Das war schweißtreibende ›Schwerstarbeit‹, umso mehr, je länger unsere Tunnel wurden, denn wir mussten den ›Aushub‹ ja aus den engen Heustollen wieder im Rückwärtsgang abtransportieren. Aber wir hatten eine ›Riesengaudi‹ und waren immer gespannt, wo wir rauskommen oder wem wir da begegnen würden im Stockdunklen. »Bist es Du, Alois?«, fragte der Berni, als wir uns in der Mitte trafen und tastete mein Gesicht ab.

Fünf Meter über uns und nach allen Seiten mindestens sieben Meter nur Heu – wenn ich das hier so beschreibe, bekomme ich noch im Nachhinein klaustrophobische Zustände, aber als Buben fanden wir es einfach nur lustig und spannend, uns blind vorwärts zu arbeiten und nur nach den Stimmen orten zu können, wo die anderen gerade waren. Wenn wir dann schließlich mitten drin in unserem engen, niedrigen ›Fuchsbau‹ saßen, war das ›saugmiatlich‹. Angst nicht mehr rauszufinden? Verschüttet zu werden? Oder Angst abzustürzen durch das Abwurfloch zum Stall runter? Hatten wir nicht – obwohl das voll angemessen gewesen wäre. »Aufpassn Buam!«, mehr sagte unsere Mutter nicht dazu, denn ihr Gottvertrauen war immer größer als ihre Angst.

Als wir irgendwann am Vormittag zum ›Wassergrand‹ runterliefen um uns abzukühlen, hatte es aufgehört zu regnen. Der Baumann Seppi und der Wandinger Rudi kamen gerade vom Dorf hoch zusammen mit dem Fonsi. »Und? Bist recht gschimpft worn?«, rief ich ihm gleich entgegen.

»War gar net so schlimm«, antwortete der Fonsi zu unserem Erstaunen ziemlich lässig. »Mei, eigentlich war d'Mam eher froh, dass i net in d'Odlgruam einigfoin bin«, schob er grinsend hinterher.

Dann stiegen wir alle hintereinander die Leiter zum Heuboden rauf, um den dreien unsere ›weitläufigen Tunnelsysteme‹ vorzuführen. »Da hob i agrad des Richtige dabei!« Der Baumann Seppi holt stolz eine kleine Taschenlampe aus seiner Hosentasche: »Die geht fei mit Batterie!«

Wir waren begeistert. Jetzt konnten wir mit Beleuchtung in unserem ›Fuchsbau‹ sitzen! Dicht an dicht, sechs ›Buam‹ und ein Licht. Aber da mischte sich ein anderer Geruch in unsere Heuwelt. »Jetz stinkts do scho wieda!« Der Berni roch es als Erster. Wir sahen sofort alle den Fonsi an: »Des konn net sei!«, sagte der schnell, »I hob mir extra von da Mama ihrm Eau de Cologne was auffi do.« – »Oh, de was? Aber hast Du Di denn aa gwaschn?«, fragte der Alois. »Naa! Wiaso? Morgn is doch erscht Samstag!« – »Sauba!«, hat der Seppi gesagt und dann wie aus der Fernsehwerbung: »Probieren Sie Fonsis neuen Duft: 4713 – Odel de Cologne!«

Irgendwann waren auch diese langen Sommerferien 1960 zu Ende und komischerweise freuten wir uns sogar ein bisschen auf die Schule. Darauf, dass der Stiegler Klaus dann wieder ›vo Italien vazoit‹ und wie er lachen wird, wenn wir dann mit ›unsana Schoaßgschicht daherkemman‹.

Meinen Brüdern und allen Bauernbuam gewidmet:

Ja, so sans de Bauernbuam

Ja, so sans de Bauernbuam
A Nasn wia a Gelbe Ruam
Backerl rot wias de Boskop ham
A Zipferl wia a Recha-Zahn

Ja, so sans de Bauernbuam
Hockn aufm Bulldog drobn
Fuadan ei mit Gras und Hei
Steckn d'Fiaß an Kuahdreck nei

Bauernbuam, ja, Bauernbuam
Passts ma auf, auf d'Odlgruam
Dass ma koana einifoit
Sonst seids weg von dera Woit

Berni vor der alten Schmiede in Reichertsheim

Alois auf unserem ›Fußballplatz‹ im Obstgarten

Das Geschenk, der Stammtisch und der unsichtbare Draht

Ein erstes frühlingshaftes ›Lüfterl‹ wehte über den Platz vor der Reichertsheimer Kirche an diesem Sonntag im April 1962 und die Glocken läuteten gerade zur Wandlung. Ein paar Männer hatten sich ›scho vor da Zeit rausdruckt‹ und standen nun auf dem Platz zwischen Kirche und ›Bäck‹ in der Sonne, eine Hand im Hosensack, in der anderen eine Ernte 23 (Bauern) oder eine HB (Handwerker).

Man redete über die Neuigkeiten im Dorf, lobte den gerade fertig gestellten Neubau der Volksschule und debattierte die Vorteile des neuen Eicher-Mehrgeräteträgers. »Hund sans scho beim Eicher do in Forstern!« Und vor allem freuten sie sich, dass endlich die neue B 12 mit der Ortsumgehung fertig war. Der Moier Sepp schmiss seine Zigarettenkippe auf den Boden und trat die Glut aus: »Is höchste Zeit worn, des waar nimma so weida ganga mit dene Riesenlaster mitten durch Reischham.« Dann gingen sie runter zum Wirt wie jeden Sonntag zum Frühschoppen.

Der Gottesdienst war aus und der Kirchplatz füllte sich mit Männern, Frauen und Kindern, alle ›im Sonntagsgwand‹. Die Frauen zeigten beim Kirchgang gern ihr neues Kostüm her, das sie sich meist bei einer der ›Reischhamer Naderinnen‹ nähen ließen. Einen Schneider hatten wir auch im Dorf, aber der war mehr auf ›Männa- und Buamagwanda‹ spezialisiert, also hauptsächlich Anzüge.

Die ›Mam‹ ging wie viele Frauen oft ›nach da Kirch aa glei no gschwind zum Bäck nüber‹. Denn da gab's sonntags frisch geschnittenes Knödelbrot, weil ›z'Mittag‹ sollte es ja Schweinsbraten mit Knödel geben. »Mit de Zündhölzl zamm waarns dann 2 Mark 50, Neimoarin.« Die ›Bäcker Rosmarie‹ schob der Mama zwei große Papiertüten Knödelbrot und einen 10er Pack Welthölzer über die Theke.

Der Wimmer Michi stand rauchend vorm Schaufenster und wartete darauf, dass sich der Laden endlich leeren würde. »Was stehstn do no rum, Michi? Kimm, geh ma zum Wirt obe! Oder muasst Du heits Knedlbrot kaffa?«, rief ihm der Pfeier Simmerl zu. »Na, Schmarrn! Geh scho moi zua. I kimm dann glei.« Eigentlich war der Michi sonst immer bei den Ersten am Stammtisch, aber heute hatte er noch was zu erledigen, das er schon seit einer Woche vor sich herschob.

44 Jahre war er jetzt, der Michi, und schon 20 Jahre verheiratet mit seiner Mare. Drei Kinder hatten sie, die Vroni und die Kathi mit 19 und 17 Jahren und dann noch ihren zehnjährigen Nachzügler, den Max. Von ihrem ›kloan Zeigl‹, dem kleinen Hof mit 25 Tagwerk Feld- und Wiesengrund konnten sie gerade so leben. Aber das wurde immer schwie-

riger und er überlegte, ob er sich nicht bald eine Arbeit am Bau suchen sollte. Da wurden jetzt immer Leute gebraucht. Dann würde er den Hof eben nur noch im Nebenerwerb weitermachen. Er schob den Gedanken beiseite und schaute nochmal durchs Schaufenster zum ›Bäck‹ rein.

Endlich kamen die Letzten aus der Ladentür. Der Michi ging schnell rein und direkt zur Rosmarie. »D'Mare hot Geburtstag, packst ma was zamm.« Die Rosmarie wusste natürlich, dass die Wimmer Mare am Mittwoch ihren 40sten hatte. Und natürlich wusste sie auch, was sich die Frauen aus dem Dorf zum Geburtstag wünschten, was sie so brauchen konnten, was abging im Kleiderschrank: ›A scheens Kopfdiache, an warma Schal, a neis Schürzl‹ und vielleicht ›a Schachtl Pralinen dazua‹. Das alles gab's natürlich im umfangreichen Gemischtwarensortiment beim ›Bäck‹.

»Wia vui mogstn ausgebn?« – »Mei, so um die 10 Mark«, druckste der Michi rum. »Was?! 10 Mark?!« Das wollte die Rosmarie nicht durchgehen lassen. »Sei net so knickert! Des is schliaßlich da 40er, do deafst scho amoi 40e ausgebn!« Da Michi wusste nicht so genau, ob er sich schämen oder ärgern sollte, beugte sich aber sofort der Autorität: »Guad, dann zahl i des aber glei.« Er klaubte umständlich ›zwoa Zwanzger‹ aus seinem Geldbeutel. »I hols dann übermorgn ob.« Und schon war er ›draußt bei da Tür‹ und lief Richtung Wirt runter. Dabei schaute er nochmal in seinen Geldbeutel: »Fürn Frühschoppn glangts no.«

Der Holzboden knarzte als er reinging. Die Tische waren voll besetzt mit Männern, die sich vor dem Mittagessen daheim noch ein paar Weißbiere beim Wirt genehmigten. Ohne zu fragen schenkte ihm der Lorenz hinterm Tresen gleich ein Unertl ein. Der Michi hockte sich mit seinem Glas zu den andern an den Stammtisch und zündete sich eine Zigarette ›Salem ohne‹ an. Da ging die Tür nochmal auf, der Heilmeier Karl schob majestätisch seinen Bauch ins Wirtshaus rein. »Setz Di her do, Karl!«, riefen sie vom Stammtisch und der Lorenz schenkte gleich noch ein Weißbier ein. Fragen wieder überflüssig.

Der ›Weißbier-Karl‹, wie er auch gern genannt wurde, kam nicht aus der Kirche, denn er war bekennender Atheist. Eigenartigerweise störte es aber niemanden, dass er nicht an Gott glaubte, sondern mehr an Rohde & Schwarz, an die Firma, zu der er jeden Tag mit seinem pastellgelben Mercedes 200 nach München zur Arbeit fuhr. Von da brachte er die neuesten technischen Erkenntnisse und Errungenschaften der Elektronikspezialisten aus München direkt an den ›Reischhamer‹ Stammtisch. Hightech trifft Weißbier.

Einmal hatte er erzählt, dass sie in seiner Abteilung bei Rohde & Schwarz einen dermaßen dünnen Draht hergestellt hätten, dass der praktisch unsichtbar war. »Und zwengs da Gaudi hob i den Draht dann an unser französische Konkurrenzfirma gschickt.« – »Ja und dann?«, fragte der Schreiner Sepp, der schon wieder eine der unglaublichen Geschichten vom Karl witterte. »Die Franzosen ham dann in den unsichtbarn Draht a Loch einebohrt und uns wieda zruckgschickt«, warf der Karl lässig hin. »Ah, geh weida!«, rief der Pfeier Simmerl ungläubig. »Aber natürlich ham mir uns net lumpn lassn! Mir ham dann in des Loch a Gwind einegschnittn und den Draht wieda nach Frankreich gschickt.«

Inzwischen hörten alle am Stammtisch gebannt zu. Der Heilmeier Karl war jetzt voll in seinem Element: »De Franzosen ham dann a Schraubn in des Gwind einedraht und uns des Ganze wieda redur gschickt.« – »Des gibts ja net!«, staunte der Schreiner Sepp, »Und dann?« Der Karl genoss die Spannung: »Und dann …«, er nahm einen kräftigen Schluck von dem frischen Weißbier, das ihm der Lorenz gebracht hatte, und wischte sich in aller Ruhe den Schaum vom Mund, bevor er weiter erzählte, »dann hamma mia – in de Schraubn – wieda a Loch einebohrt!«. – »Do werdns gschaut ham, de Franzosen!«, freute sich der Wimmer Michi.

»Ja, scho, aber …«, sagte der Karl und dabei veränderte sich plötzlich sein Gesichtsausdruck, ja, er schaute auf einmal völlig niedergeschlagen, »dann – und damit werd i einfach net fertig – ham de Hund in Frankreich glatt des letzte Wort ghabt!« – »Ja, wia des?!«, fragte der Brandmoar Peter. »Ihr werdtses net glaabn! Aber de ham in des Loch von dera Schraubn in dem unsichtbarn Draht – do ham de nomoi an Splint einegsteckt und dann mit am Zettel dro zruckgschickt! Auf dem is gstandn: Fini! – Fertig!«

Dabei sah der Karl auch so dermaßen fertig aus, dass ihm die andern gleich noch drei Weißbier hintereinander spendiert haben, um ihn ›moralisch a bisserl‹ aufzubauen. So wurde es dann noch ein ziemlich lustiger Stammtischabend – fürn Karl und für die andern auch. Am Schluss saßen nur noch der Brandmoar Peter und der Schreiner Sepp am Stammtisch vor ihren ›Noagerln‹. »Wos ois gibt!«, sinnierte der Peter der ›Drahtgschicht‹ hinterher. »Ja, glaabts Ihr am End ois, was da Karl Eich do vazoit?!«, rief der Lorenz beim ›Glaslwaschn‹ vom Tresen rüber. »Mei, wer woaß scho, was de in Minga so olles zambaun kenna«, hielt der Sepp dagegen, »und da Karl – des is a Hundling!«

Der Karl hatte viele solcher Geschichten auf Lager, immer so zwischen Wahrheit und Erfindung, dass die ›Reischhamer‹ nie so recht wussten, was sie glauben sollten. Außerdem war er Anfang der 60er auch aus einem anderen Grund ein sehr gefragter und beliebter Mann im ganzen Dorf. Denn er kannte sich bestens aus mit den neuen Wundergeräten, die unaufhaltsam die ›Stubn‹ und Wohnzimmer in Reichertsheim eroberten: die Fernseher. Es war ein Leichtes für ihn, so ein Fernsehgerät anzuschließen oder zu reparieren. Und immer zum Pauschalpreis von 5 Mark für seine ›Reischhamer‹. »Egal wia langs dauert!« – das war sein Versprechen. Für alle, die sich so ein Gerät gar nicht hätten leisten können, trieb er in München defekte Fernseher auf, die er reparierte und zum Spottpreis hergab.

Damit war er aber selbst maßgeblicher Verursacher einer Entwicklung, die ihm ›gar net passt hot‹. Immer mehr Reichertsheimer Männer saßen samstags lieber daheim bei der Sportschau, als mit dem Karl beim Wirt am Stammtisch. Oft leistete ihm nur noch der ›oide Schmied‹ Gesellschaft. Na ja, Gesellschaft leisten wäre übertrieben ausgedrückt, denn der ›oide Schmied‹ konnte den ganzen Abend einfach so vor seinem Bier sitzen, ›grodaus schaung‹ und eine ›Mokri ohne‹ nach der anderen rauchen. Selbst auf die spannendsten Geschichten vom Karl reagierte er höchstens mit einem völlig zusammenhanglosen »Ja, mei, so is hoit« und das war auch sonst so ziemlich das Einzige, was er von sich gab.

Langsam wurmte das den geselligen ›Weißbier-Karl‹. Als er an einem Samstag wieder mal mit dem ›oidn Schmied‹ allein am Stammtisch saß, schlug er plötzlich mit der flachen Hand auf die Tischplatte: »Jetz glangts! Lorenz, i kimm glei wieda!« Entschlossen stand er auf und ging ohne ein weiteres Wort zur Tür ’naus. Der Wirt sah ihm verblüfft hinterher. Und der ›oide Schmied‹ brummelte: »Ja, mei, so is hoit.«

Die Idee dazu war dem Karl schon länger im Kopf rumgegangen. In der letzten Woche hatte er dann daheim in seiner Werkstatt wirklich etwas gebaut, das die Männer im Nu zum Wirt rein treiben würde. Als Fernmeldetechniker war das kein Problem für ihn. Nun startete er sein ›Stammtisch-Wiederbelebungsgerät‹, ging zurück zum Wirt, setzte sich wortlos und wartete. Der Lorenz verstand gar nichts mehr.

Der Erste, der reinkam, war der Brandmoar Peter: »Karl, guad, dass Du do bist! Du muasst mein Fernseher oschaung, der is kaputt! Des Buidl is aufamoi total vaschwumma und ma vasteht gar nix mehr!« Nach und nach trudelten die ganzen Stammtischler ein – alle mit dem gleichen Problem. »Des kriang ma scho wieda. I schau ma des amoi o«, sagte der Karl großzügig zu jedem, auch zum Wimmer Michi, der als Letztes zur Wirtshaustür reinkam. Aber weil ja mit

›Fernschaung‹ eh nichts mehr ging an diesem Abend und weil sie nun schon da waren … Der Lorenz war auf jeden Fall sehr zufrieden und es wurde wieder ein ziemlich lustiger Stammtischabend – fürn Karl und für die andern auch. Die Geschichte, wie er sie alle mit seinem Störsender zum Wirt gelockt hatte, die erzählte er dann erst eine Woche drauf.

Aber ein Jahr später, bei einem Frühschoppen im April 1963, da verblüffte der Heilmeier Karl alle mit seiner neuesten Erfindung: der ›Wepsndaschlogmaschin‹.

»Oiso, die funktioniert aso: Der Weps fliagt, angelockt von am Liacht und am Schalal Weißbier in mei Maschin eini. Da drin wird er dann elektrisch daschlong – oiso per Stromschlag. I hobs scho ausprobiert, mei Wepsndaschlogmaschin funktioniert hundertprozentig!« – »Sauba, Karl! Auf Di!«, der Simmerl hob sein Glas. »Aber …«, unterbrach ihn der Karl und plötzlich hörten wieder alle zu, »vo hundert Wepsn kimmt oana durch!«

Der Schmied Hans schien enttäuscht: »Oiso dawischts doch nur 90 %.« Der Karl verkniff es sich aus Gründen der Dramaturgie, den Hans auf seinen groben Rechenfehler hinzuweisen und fuhr gleich fort: »Aber – der Weps, der durchkomma is, der fragt si natürlich ›Hey, was war jetz des?‹, draht wieda um und fliagt zruck. Und dann – dawischtsn aa!« – »Oiso doch 100 %!«, rief da Brandmoar Peter über den Tisch, »Do vareck!« Der Lorenz brachte eine Runde Obstler: »Geht aufs Haus!« Er lachte verschmitzt, als er dem Karl ein ›Schnapsglasl‹ hinstellte mit den Worten: »Do bstell i glei so a Maschin bei Dir!« Doch der winkte ab:

»Duat ma leid, Lorenz. Mei Wepsndaschlogmaschin bleibt a Unikat bis i mei Erfindung zum Patent ogmeldt hob.« – »Do trink ma drauf!« Wieder hob der Simmerl sein Glas und alle stießen auf den Karl und seine Erfindung an.

Die ›Wepsndaschlogmaschin‹ – kleine Exkursion

Die elektrische ›Wepsndaschlogmaschin‹ war keine Erfindung, die sich der Heilmeier Karl hätte patentieren lassen können, denn tatsächlich wurde schon im Oktober 1911 in dem populärwissenschaftlichen Magazin ›Popular Mechanics‹ der Prototyp eines Insektenvernichters vorgestellt, der die Insekten mit Licht anlockte und über ein elektrisch aufgeladenes Metallnetz tötete. 1932 wurde dann der erste elektrische Insektenvernichter von William M. Frost beim amerikanischen Marken- und Patentamt angemeldet und patentiert. *Nachzulesen auf Wikipedia unter ›Elektrischer Fliegenvernichter‹*

Am Mittwoch darauf war der Michi dann genauso gespannt wie seine Frau, was sie da aus dem ›Geburtstagspackerl mit dem scheena Schleiferl drumrum‹ auswickeln würde. »Mei, Dankschee, des gfreit mi aber!«, strahlte die Mare. »So a scheens Diache und sogar aus Seide! Do host Di net lumpn lossn! Mei, und dazua no so a große Schachtl von meine Lieblingspralinen, des hast da aber guad gmerkt!«

Er lächelte stolz und ein leichtes Zucken ging um Mares Mundwinkel. »Und so schee vapackt host es aa no!« Generös winkte der Michi ab: »Is ja schliaßlich Dei 40er!«

Der ›Wirt z'Reischham‹ Anfang der 1960er – Noch heute ein wichtiger Treffpunkt für die Reichertsheimer

Der Aufschnitt, der Provinzial und die Vorhangstange

»Glei hauts de Vorhangstang oba. Dann samma gerettet!«, raunte der Alois dem Berni und mir auf dem Kanapee zu. Doch die Stange hielt, obwohl sich der Pater Sauter gerade wieder auf der Eckbank zurücklehnte und den Vorhang dabei gefährlich nach unten zog. Aber die Vorhangstange wollte ›ums Varecka net‹ runterfallen!

Den ›Bap‹ hatte es nämlich ein paar Tage vor dem geistlichen Besuch ordentlich erwischt. Er hatte sich nach der Stallarbeit müde auf die Eckbank gesetzt und war so fest eingeschlafen, dass er halb unter den Tisch rutschte und dabei den eingeklemmten Vorhang mit sich nach unten zog. Da hat's den Haken aus der Wand rausgerissen und die Stang' ist ihm ›sauba aufn Belli kracht‹. Zum Glück hat der Vorhang den Schlag ein bisschen abgefedert und es ist ihm nix passiert. Laut fluchend hat er den Haken provisorisch wieder reingesteckt in das alte, bröselige Mauerwerk und die Stange einfach wieder drauf gelegt. »Daweil amoi duats des scho.« ›Daweil amoi‹ war ein Lieblingsspruch von unserm ›Bap‹ und stand für vieles, was nie erledigt, nie fertig wurde.

Hoffnungsvoll starrten wir drei Buben vom Kanapee aus auf die Stelle mit dem provisorischen Haken. Doch das Provisorium hielt und hielt. »Hoffentlich krachts boid, sonst bleibt nix mehr für uns über!«, flüsterte der Berni verzweifelt. Wir mussten hilflos zuschauen, wie die zwei Patres vom Kloster Gars da unseren ganzen Aufschnitt wegfraßen. Der köstliche Duft von Lyoner, Salami, Gelbwurscht, Krakauer, Schinkenwurscht und Leberkas, diese geniale Mischung von der ›Metzgerin z'Reischham‹ komponiert, zog bis zu uns aufs Kanapee und ließ uns das Wasser im Mund zusammenlaufen.

Die Patres aus dem Kloster Gars am Inn kamen besonders gerne im Sommer auf Besuch zum ›Neimoar-Hof‹, meistens sonntags am Spätnachmittag, wenn gerade keine kirchliche ›Amtshandlung‹ anstand. Es war ein traumhafter Spaziergang vom Kloster zu uns: Erst der Anstieg vom Garser Inntal durch den Wald hinauf zum Sperrwirt und weiter auf Feld- und Wiesenwegen über die hügelige Landschaft, an Gut Thambach vorbei und von da runter nach Reichertsheim. Das Dorf schmiegte sich wie ein Hufeisen um die kleine Anhöhe mit dem ›Neimoar-Hof‹. Ein großer Obstgarten mit alten Apfelbäumen zierte damals wie heute den Hof. Das ›Gmiasgartl‹ von der Mama war voller Kräuter, Tomaten, Gurken, Kraut- und Salatköpfen, dank des regelmäßigen ›Dopings‹ mit Mamas Spezialdünger, der ›Kuahlettn‹ – frischer Kuhfladen in einem Kübel mit Wasser angerührt.

Das alte ›Neimoar-Haus‹ war damals schon ›a bisserl oreidig‹, also heruntergekommen. Aber alles in allem war unser Hof, wie er so da lag auf dem Wiesenhügel überm Dorf, sicher ein Idyll für die Patres aus Gars am Inn. Drum pilgerten sie oft zu uns, zum ›Misthaufen der katholischen Kirche‹ wie einer sagte.

Was er damit genau sagen wollte, hab' ich als Bub nicht verstanden, nur dass er das keineswegs abfällig meinte. Sicher ist aber, dass unsere ›Neimoar-Familie‹ damals ein guter Dünger für die Kirche war, gemessen an dem Zuwachs an Geistlichen, den sie dem Redemptoristen-Kloster bescherte. Zwei Großonkel von mir waren Volksmissionare in den 20ern und 30ern, mein Onkel Alois war eben jener Japan-Missionar, von dem ich schon erzählt habe, und eine ›gutkatholische‹ Mutter mit sieben Buben, das sah auch schon wieder nach potentiellem Zuwachs für das Kloster aus.

Dass die Rechnung mit uns Buben so gar nicht aufgehen würde, das konnten die Patres noch nicht ahnen an diesem Sommertag Anfang der 60er Jahre. Da machte uns sogar der Provinzial der Redemptoristen, also der Ordensvorsteher, seine Aufwartung, zusammen mit dem Pater Sauter, den ich in meinem späteren Internatsleben noch leidvoll kennenlernen sollte.

Unangekündigt – wie denn auch anders, wir hatten ja kein Telefon – so kamen sie am Sonntagnachmittag einfach daher. Unser ›Bap‹ und der Sigi waren gerade im Dorf unterwegs und die Mama war beim Gießen in ihrem ›Gartl‹. Deshalb hatte sie sie schon von Weitem gesehen, wie sie in ihren schwarzen Talaren vom Wald her auf unseren Hof zu spazierten. Die Mama schmiss sofort die Gießkanne weg und lief ins Haus. ›Jetz aba schnoi! Mitm Besn durch d'Stubn, am Bap sei Schneizdiache vo da Eckbank weg, d'Schuah unters Kanapee und glei nomoi am Fensta schaung, wia weits scho san.‹ »Jessas, Maria und Josef! Da Provinzial is aa dabei! Was stell i denn do aufn Tisch?!«

Keine Zeit mehr zum Überlegen, nur noch schnell die Haare richten, das ›Schürzl‹ glatt streichen und schon ging die Haustür auf. Mit einem »Gott zum Gruße, Neimoar-Bäuerin!« traten die Schwarzgewandeten mit dem weißen ›Stehkragerl‹ in unseren Hausgang. »Griaß Gott«, erwiderte die Mama und schickte ein fast überflüssiges »Ja, kemman S' nur eina!« hinterher. Denn schon gingen die beiden Patres wie selbstverständlich weiter in Richtung Stube.

Fünf Buben gaben ehrfürchtig und mit gesenktem Kopf ›de scheene Hand‹ her. Dann verzogen wir uns auf unseren Beobachtungsposten auf dem Kanapee und verfolgten gebannt, wie die Mama diesen hohen Überraschungsbesuch, um nicht zu sagen ›geistlichen Überfall‹, managte. »HamS an Hunga?«, fragte die Mama, das S fürs offizielle ›Sie‹ nur flüchtig angedeutet. Und doch klang das für uns Buben fremd aus Mamas Mund, denn so redete sie nur mit ›seltenen Würdenträgern‹. Die zwei Herren sagten jedenfalls nicht nein und haben gleich auf der Eckbank Platz genommen.

»D'Mam werd doch net!« Mir schwante Schlimmes! Denn wie immer lag an diesem Wochenende ein gutes Pfund

Aufschnitt in der Speisekammer, den unsere Mutter am Samstagvormittag beim Metzger ›z'Reischham‹ gekauft hatte. Ein Luxus, den wir uns nur am Wochenende leisteten. Der Aufschnitt war sozusagen das kulinarische Highlight der ganzen Woche! Wir freuten uns immer ›narrisch drauf‹ und zählten die Scheiben für jeden genau ab.

Doch genau den tischte die Mama unter unseren entsetzten Blicken nun den beiden Patres auf. Wir mussten mit knurrendem Magen zuschauen, wie sie sich gnadenlos über unsere Wurscht hermachten. »Ja, deaf denn a Pater so fressn!«, hat der Franz wütend gezischt. Wir sahen ›Bladl für Bladl‹ unsere Wurscht dahinschwinden. Jetzt hätte nur noch ein Wunder helfen können, um dem unheiligen Gelage ein Ende zu machen. Die Rettung wäre die Vorhangstange! Schon war der Haken etwas nach vorne gerutscht und wir hofften inständig darauf, dass sie jetzt sofort und am besten dem Pater Sauter ungebremst auf seine Glatze fällt! Ob man so was beichten muss?

Aber Wunder sind halt selten. Die Stange hielt bis zum bitteren Ende. Nur noch ein paar traurige Wurschtscheiben lagen einsam auf dem ›abgefressenen‹ Teller, als die geistlichen Herren sich endlich verabschiedeten mit den Worten, die in unseren Ohren wie eine Drohung klangen: »Vergelt's Gott, Neimoar-Bäuerin. Wir kommen schon wieder mal vorbei.«

Kaum waren sie aus der Haustür draußen, stützten wir zum Tisch und fielen wie die Verhungernden über die restlichen ›Wurschtbladl‹ her. Da ging die ›Stubntür‹ auf und der Provinzial stand wieder da, er hatte nämlich sein ›Pfeifensackerl‹

vergessen. Erwischt! Wir schämten uns furchtbar, auch für die Mama war das ein peinlicher Moment. Dabei denke ich heute, eher hätten sich die Patres schämen sollen, uns Bauernkindern einfach die ganze Wurscht wegzufressen.

Die Mama fing sich gleich wieder und schickte uns in den Hühnerstall zum ›Oarabtrogn‹. Mit den Eiern machte sie uns dann zum Trost einen riesigen Topf Griesnockerlsuppe. Mindestens 40 Nockerl schwammen da lustig in der Suppenbrühe. Der ›Bap‹ murrte zwar beim Abendessen: »Warns scho wieda do?!« Aber für uns Kinder war alles wieder gut. Griesnockerlsuppe, die Lieblingssuppe meiner Kindheit! Wenn's mir mal nicht gut geht, mach ich mir heute noch einfach eine Griesnockerlsuppe. Vielleicht ist dann nicht gleich alles wieder gut, aber auf jeden Fall sieht die Welt dann schon wieder freundlicher aus.

Als wir den ›Aufschnitt-Frust‹ weggelöffelt hatten, spielten wir noch eine Runde ›Fangstdi‹ draußen im Hof bis es dunkel wurde. »Jetz aber ab ins Bett!«, rief die Mama. ›Fiaß waschn?!‹ – »Brauchts net!«, grinste der Alois. Er stellte seine Lederhose neben das Bett und schlüpfte zu mir unter die Decke.

»Woaßt was? – Jetz draam i davo, wia mia a ganz Pfund Aufschnitt obihaun und de zwoa miassn uns dabei zuschaung! Koa oanzigs Bladl gib i eahna in meim Draam!« Der Berni lachte vom anderen Bett rüber: »Des hams dann davo!«

Gut' Nacht, Ihr Bauernbuben.

Das Wohnhaus auf dem ›Neimoar-Hof‹

Mit Nana Mouskouri auf der Kirtahutsch

Es war im Oktober 1963, da kam der Berni den Wiesenweg vom Dorf raufgerannt und rief uns schon vom Weitem zu: »Da Wolf Erich bringt a Tonbandl mit am Samstag!« Wir jubelten begeistert! Am Samstag war nämlich der Aufbautag für unsere ›Kirtahutsch‹. »Dass er des deaf!«, staunte der Alois. Wirklich unglaublich, denn mit dem Wort ›Tonbandl‹ war das neue, tragbare Grundig-Koffer-Tonbandgerät von Erichs Papa gemeint, das mit den zwei Spulen oben drauf und dem Lautsprecher direkt im Kofferdeckel. Damit konnte man Musik abspielen. Aber natürlich nur, wenn man die Musik auch vorher aufgenommen hatte.

Genau das hatte der Erich am letzten Freitag gemacht und zwar vom Radio: *Die Schlager der Woche*. Und er war total stolz darauf, dass er das sauber hingekriegt hatte, ohne dass ihm einer reingequatscht hatte. Bei anderen Sendungen redeten die Moderatoren nämlich immer noch dazwischen, wenn das Lied schon angefangen hatte. Sehr ärgerlich! Aber bei den *Schlagern der Woche*, da machten sie das ›aufnahmefreundlich‹ für alle, die zuhause schon vor der Taste auf den idealen Startmoment lauerten. »Wir kommen zur Nummer drei in dieser Woche: Manuela mit *Schuld war nur der Bossa Nova.*« Und jetzt drücken! Wunderbar! Sauber, Erich! Wie von der Schallplatte. Sein ganzes ›Bandl‹ hatte er voll gemacht mit Schlagerhits von Connie Francis, Peter Kraus, Caterina Valente, von Cliff Richard, Gitte, Rex Gildo und Manuela.

Am ›Kirtasamstag‹ nach dem Mittagessen kam der Erich dann tatsächlich mit diesem grün-blauen Koffer daher. »Und do kimmt wirklich a Musi außa?«, fragte der Sigi und musterte skeptisch das Gerät, das der Erich auf der Sommerbank vorm Haus abgestellt hatte. »Freili! Aber an Strom brauch ma scho!« Ungeduldig stieg der Erich schon von einem Fuß auf den anderen.

»Des kriang ma hi!« Der Alois war voll in seinem Element. Er platzierte das wertvolle Teil auf einem Schemel in der Unterfahrt und steckte drei Verlängerungen hintereinander, um die einzig verfügbare Steckdose in der ›Millikammer‹ zu erreichen. Wir schauten gebannt zu wie der Erich die Starttaste drückte. Und wirklich! Da sang Nana Mouskouri bei uns übern ›Neimoar-Hof‹ *Weiße Rosen aus Athen*. Der Erich drehte voll auf und wir sangen alle mit. Der ›Bap‹ schaute erstaunt aus der Bulldog-Garage, selbst ›unsa Mam‹ kam kurz aus der Küche raus und wischte sich die Hände am ›Schürzl‹ ab. »Mir ham an Koffa, do kimmt a Musi außa!«, erklärte ihnen der Sigi stolz, »Do werdns schaung morgn!«

Der Alois und der Franz waren schon wieder mit dem Bau der ›Kirtahutsch‹ beschäftigt. Zwei dicke, lange Balken hatten sie mit einem Meter Abstand nebeneinander im Hof abgelegt, daneben einen Stapel Bretter, Hammer und Nägel. Wir nagelten die Bretter als ›Sitze‹ quer über die Balken. »Du muasst mehra Platz zwischn die Brettl lassn, Erich, damit ma de Fiaß dazwischn obahänga lossn ko!«, gab der Alois Anweisung, denn er war unser ›Hutschnbaumeister‹. »Und koan Nagel außastehn lossn, Sigi!« Dann schleppten wir alle miteinander die sauschwere Konstruktion in die Durchfahrt und hängten sie an die ›Stadlbalken‹. Da musste die Länge der Ketten genau austariert werden. Der ›Bap‹ ließ uns machen, er schaute höchstens mal nach, ob unsere Aufhängung auch stark genug war für die Massen an Kindern, die am nächsten Tag auf der ›Kirtahutsch‹ hocken würden.

Am Spätnachmittag war unser Werk endlich vollbracht. »Jetz miass ma probehutschn!«, rief der Sigi begeistert, »Aber mit Musi!« Der Alois, der Sigi und ich kletterten auf die ›Hutsch‹ und hielten uns an den Brettern fest. Der Erich drückte die Starttaste und dann schoben der Franz und der Berni an. ›Huidrio – so eine Gaudi!‹ Schon flogen wir mit Connie Francis durch die Luft und sangen mit Cliff Richard *Rote Lippen soll man küssen*, bis es dunkel wurde!

Am Kirtasonntag kam dann der Ansturm aus dem Dorf. Unsere ›Hutsch‹ war hochbegehrt bei allen Kindern. Es wimmelte eigentlich das ganze Jahr bei uns am Hof vor Kindern. Der Baumann Seppi, der Wandinger Rudi, die Hartl Irmi, der Fonsi und die Huber Resi … ach, eigentlich fast alle fühlten sich beim ›Neimoar‹ wie zuhause und kannten jeden Winkel vom Hof vom ›Versteckstdispuin‹. ›Mam und Bap‹ freuten sich immer, wenn Kinder zu uns kamen, als hätten sie nicht schon genug Gewusel und Chaos mit unserer Bubenhorde gehabt. Die drei Säulen ihrer ›Erziehung‹ waren: gute Nerven, Gottvertrauen und Laissez-faire, obwohl sie dieses Wort nicht einmal kannten.

Beim ›Neimoar‹ war die Freiheit schier grenzenlos, denn da durfte man so ziemlich alles, was sonst verboten war: überall raufklettern, laut rumschreien, Höhlen im Heu bauen, in der Werkstatt rumhämmern und sägen, im Mist rumsteigen – und auch bei der ›Hutscherei‹ waren meine Eltern erstaunlich tiefenentspannt. Denn eigentlich war die ja saugefährlich. Nichts war abgesichert, die schweren Balken sausten an den Köpfen der Kinder vorbei, die da so ganz ohne Aufsicht und Absperrung drumrum standen. Einmal riss sogar eine Kette. Da hat es einige ›runterghaut‹, aber außer ein paar blauen Flecken, blutigen Knien und einem abgebrochenen Zahn ist nie viel passiert bei der ›neimoarischen Kirtahutsch‹.

Am frühen Nachmittag wuselte es dann schon bei uns in der Unterfahrt und unser ›selbstgebautes Fahrgeschäft‹ war voll besetzt mit großen und kleinen Kindern. Der Franz und der Berni standen zwischen den Ketten und schoben mit aller Kraft an. »Net so gach, Franz!«, rief der Alois, denn die Sophie, die da vor ihm auf dem ›Hutschnbrettl‹ saß, war grad erst mal fünf Jahre alt. Der Wolf Erich drückte die Starttaste und schon wieder sang Nana Mouskouri für uns und wir flogen mit ihr vom ›Neimoar‹ direkt nach Athen.

Eine Verköstigung für alle gab's nicht, das wär' dann selbst für unsere Mama zu viel geworden. Aber alle durften sich einfach Äpfel im Obstgarten holen und am ›Wassergrand‹ lief immer frisches Wasser für die durstigen Schaukler.

Gegen Abend wurden die Kleinen weniger und dann übernahmen die Älteren, die Halbstarken, das Kommando. Der Franz, mein großer Bruder, damals schon achtzehn Jahre alt, und der Gillhuber Toni schoben an ›wia de Blädn‹ und trieben unsere ›Hutsch‹ in gefährliche Höhen. Lautes Geschrei und Gekreische auf allen Sitzplätzen! Dann versuchten sie die wenigen ›Furchtlosen‹, die sich überhaupt noch rauf trauten, seitwärts abzukippen. Noch lauteres Geschrei! Zum Glück befand sich unser Hof außer ›Schreiweite‹ vom Dorf. Hier gab es keinen, der Ruhe eingefordert oder sich beschwert hätte. Da durften wir Kinder laut sein.

Als es langsam dunkel und ziemlich kühl wurde, leerte sich die Unterfahrt nach und nach und irgendwann blieben nur noch der Berni, der Alois, der Sigi, der Wolf Erich und ich übrig. Wir hatten uns die alten Pferdedecken hinten aus dem ›Stadl‹ geholt und wickelten uns darin ein. Durch die offene Stalltür fiel nur noch spärliches Licht auf unsere ›Hutsch‹ und wir sangen zusammen mit Gitte und Rex Gildo *Gehn sie aus vom Stadtpark die Laternen*. Die Stimmung war so zwischen andächtig und ›hundsmiad‹.

Unsere ›Hutsch‹ wiegte uns schon fast in den Schlaf, da kam vom ›Bandl‹ auf einmal unser Lied! Wir schoben nochmal an und sangen wie in Trance: »Im fernen Land, wo keiner auf Dich wartet, da sehn die Sterne in der Nacht ganz anders aus.« Wir Bauernbuben haben damals noch nicht so wirklich verstanden, was wir da mitsangen, denn wir kannten ja noch gar kein fremdes Land. Weit weg von ›dahoam‹ waren wir noch nie gewesen, höchstens ab und zu mal kurz in Haag oder Gars und einmal mit der Mama sogar in München, als uns der Herr Porst in seinem Borgward mitgenommen hatte.

Aber spüren konnten wir sie, diese Sehnsucht. Wir segelten auf unserer ›Hutsch‹, die leise knarzte wie ein altes Schiff, ›hinaus mit Wind und Wogen‹ übers Meer zu fernen, fremden Ländern und träumten uns unter andere Sterne. Nur ab und zu sangen wir noch leise mit »… in der weiten, weiten Ferne ...«, aber zum Schluss hielt nur noch Nana Mouskouri durch und ihre sehnsüchtige Stimme klang auch schon wie aus weiter, weiter Ferne. Beim letzten »Auf Wiedersehn!« schreckte der Wolf Erich auf: »Mensch, i muass ja hoam!« Er kletterte von der ›Hutsch‹, drückte die Stopptaste und schloss sorgfältig den Deckel von dem wunderbaren Grundig-Koffer-Tonbandgerät. »Des Tonbandl hol i dann morgn.« Wir begleiteten ihn noch ein Stück durch die Dunkelheit über den Wiesenweg bis ins Dorf runter, dann stapften vier sehr müde und sehr glückliche ›Neimoar-Buam‹ wieder heim und fielen in ihre Federbetten.

Die ganze Nacht sang ich im Traum weiter. Ausgerechnet bei der Stelle »Der Tag erwacht, die Sonne sie kommt wieder und wieder kommt nun auch …« rüttelte der Alois an meiner Schulter: »Aufsteh, Werner!« Das Aufstehn war hart an diesem Montag, denn wir Schulkinder hatten keinen Bauernfeiertag am ›Kirtamontag‹. Aber auf dem Schulweg sangen wir schon wieder ›wia die Zeiserl‹. Ja, und unsere Grundschullehrerin, die Frau Heilmeier, wusste schon, dass heute nicht viel rauszuholen war aus ›ihren‹ Kindern, denn wir waren nicht nur müde, sondern in Gedanken schon wieder auf der ›Hutsch‹. Denn am Nachmittag sollte es ja gleich weitergehn, natürlich wieder mit den Schlagern ›vom Erich seim Tonbandl‹.

Kein Wunder also, dass meine eigenen Lieder oft auch einen ›ohrwürmigen Schlager-Touch‹ haben, denn was wir aus unserer Kindheit kennen und lieben, das prägt uns und begleitet uns durchs ganze Leben. Ich höre oft von morgens bis abends Musik – wenn auch nicht unbedingt Nana Mouskouri – und wenn mal keine Musik läuft, dann singe ich selbst vor mich hin, gerne auch mal stundenlang immer wieder den gleichen Refrain. Meine Frau kann ein Lied davon singen!

Und ich liebe noch immer die alten Schlager aus meiner Kindheit, denn sie atmen diese Zeit, diese naive, unbefangene Sehnsucht nach Glück und Liebe. Kann ja mal ganz schön sein, das zuzulassen. Die Lieder kann ich bis heute auswendig singen und spielen. Manchmal, wenn ich bei einem Fest meine Gitarre raushole und auf besonderen Wunsch für meine Freundin Liesel *Weiße Rosen aus Athen* spiele, dann sind wieder ›Grüße aus der Heimat mit dabei‹, dann taucht vor mir wieder das Bild auf von uns ›Buam auf da Hutsch‹. Und das fühlt sich dann fast so an wie damals, aber nur fast, denn in fernen Ländern war ich inzwischen schon. Das war auch schön, aber nicht so schön wie in der Phantasie, damals auf der ›Kirtahutsch‹ im Oktober 1963.

Kirta – eine kleine Exkursion

›Kirta‹ oder Kirchweih feiert man in Bayern fast überall am dritten Wochenende im Oktober. Früher wurde sogar bis Montag durchgefeiert. ›A gscheida Kirta dauert bis zum Irta‹ (Dienstag) heißt es in einem alten Sprichwort. Der ›Kirtamontag‹ ist nämlich ein alter Bauernfeiertag und wird noch heute von manchen Bauern gern eingehalten.

›Kirta‹ hat zwar einen kirchlichen Hintergrund, aber man begeht es sehr weltlich. Es ist das üppigste Fest des Jahres, ›a Ganserl oda a Antn‹ zum Mittagessen, ›Auszogne und Kiache zum Kaffä‹. Viele Brauereien brauen auch ein extra ›Kirtabier‹. Man feiert das Leben, bevor der trübe November kommt mit Allerheiligen, Friedhofsstimmung beim Totengedenken und seinem nasskalten Wetter. An ›Kirta‹ lässt man's einfach nochmal ›so richtig kracha‹.

Drei Jahre unter verschärfter Haft
– Überleben im Kloster –

Das Redemptoristen-Kloster Gars am Inn war im vorigen Jahrhundert eine mächtige Institution, sowohl was die Größe der Anlage betraf, als auch die geistige und geistliche Potenz. Es beherbergte nicht nur einen großen Konvent, sondern auch eine theologische Hochschule für angehende Priester, ein Jungen-Internat mit humanistischem Gymnasium, eine Gärtnerei, einen riesigen landwirtschaftlichen Betrieb und viele Werkstätten: eine Bäckerei, Metzgerei, Schreinerei, Spenglerei und eine Druckerei. Allesamt bildeten Lehrlinge aus, die zu hervorragenden Handwerkern wurden. Die Landwirtschaft des Klosters mit ihren imposanten Stallungen und Wirtschaftsgebäuden und mit weit über hundert Hektar Grund war mit Abstand die größte im weiten Umland und immer auf dem neuesten Stand der Agrartechnik, des Ackerbaus und der Milchwirtschaft.

Die klösterlichen Zuchtstiere waren richtige Prachtexemplare und schon mal an die 22 Zentner schwer. Heimlich schlichen wir Internatsbuben manchmal in den Stall und bewunderten die ›Mordstrummlackl‹, wie sie so wiederkäuend dastanden. Und vor allem stierten wir die mächtigen Hodensäcke an, die da zwischen den Beinen dieser Kolosse hingen und keine Vergleiche duldeten. Den Scholz Peter musste ich mal direkt wegreißen von seiner ›Sack-Anstier-Meditation‹, weil es Zeit zum Abendessen war. Damals dachte ich, das Wort ›anstieren‹ käme daher.

Die Klostergärtnerei war weithin berühmt für ihr ›guads Sach‹. Meine Mama kaufte alle ›Gurken- und Tomatenpflanzerl‹ für ihren Garten beim Bruder Ulrich, Gärtner des Klosters und Meister seines Fachs. Wir Internatsschüler mussten manchmal mithelfen in der Gärtnerei beim Pikieren, also beim Umtopfen der vorgezogenen ›Pflanzerl‹ in größere Töpfe.

Das habe ich immer gern gemacht, denn es war wie ein Ausflug in eine andere, buntere Welt. In seinen sonnigen Gewächshäusern roch es nach Leben, nach Pflanzen und frischer Erde, ganz anders als in den dunklen Klostergängen. Und der Frater Ulrich war ein freundlicher, entspannter Mensch, einfach ›a guade Haut‹. Bei ihm fühlten wir uns alle wohl.

Wirtschaftlich hatte das Kloster einen großen Vorteil, weil so viele unbezahlte Arbeitskräfte zur Verfügung standen. Die Patres, Fratres und Klosterschwestern hatten zwar einen Anspruch auf Rundumversorgung mit Verköstigung, Kleidung und auf ein kleines Taschengeld, aber eine richtige Bezahlung gab es nicht. Ora et labora! – Bete und arbeite!

In meiner Internatszeit von 1964 bis 1967 gab es in dem ansonsten rein männlichen Kloster auch noch drei Klosterschwestern und so um die 15 junge Frauen in der Vorbereitungszeit auf das Klosterschwestern-Dasein. Sie mussten alle 14 Tage die vier Meter breiten und unendlich langen Gänge des Klosters putzen, um sich in Demut und Gehorsam zu üben. Auf ihren Knien nebeneinander mit gesenktem Kopf rückwärts rutschend, hatten sie mit Wurzelbürste und Seifenlauge die alten, zerfurchten Holzböden zu schrubben und aufzuwischen und danach das Ganze nochmals auf den Knien mit Bohnerwachs einzureiben und dann schließlich alles zu bohnern.

Nur nicht in der ›Klausur‹, denn das war der Bereich im Kloster, der ausschließlich den Männern vorbehalten – also für Frauen strikt verboten – war. Da mussten die Patres selber auf die Knie. Pech gehabt!

Die sogenannten ›Pfarrerlehrlinge‹, also die Novizen, die in der klösterlichen Hochschule studierten, waren im gleichen Seitenflügel wie die Novizinnen untergebracht, nur einen Stock tiefer. Doch der ›barrierelose‹ Zugang zum ›weiblichen Stock‹ ließ so manchen ›frommen Jüngling‹ an seiner keuschen Berufung ›ver-zweifeln‹. Sollte man sich nicht doch noch einmal umschauen, was ›unterm Herrgott sein Himme‹ so alles gewachsen ist, bevor man das zölibatäre Gelübde ablegt? Es kamen Gerüchte auf, die hinter vorgehaltener Hand die Runde im ganzen Kloster machten und sogar bis zu uns Internatsschülern vordrangen. In einer giftigen Mischung aus zur Schau gestelltem Entsetzen, notdürftig verborgener Lüsternheit und kaum zu übersehendem Neid hörten wir einige Patres im Pausenhof davon tuscheln. Um das Kloster nicht weiter in Unruhe zu versetzen und um dem ›schamlosen Treiben‹ ein Ende zu machen, ›verbannte‹ man die Novizinnen kurzerhand in ein anderes Haus. Dann war ›a Ruah‹! Und keiner redete mehr darüber.

Schweigen, Ruhe, Vertuschen – das wäre der katholischen Kirche noch bis heute am liebsten, wenn es um Themen wie die Sexualität von Geistlichen geht, um ›vaterlose‹ Pfarrerskinder oder besonders um Missbrauch. Aber seit das Schweigen von tausenden Missbrauchten und Misshandelten gebrochen ist, gibt es ›Gott sei Dank‹ keine Ruhe mehr für die Kirche. Und es wird auch so lange keine Ruhe geben, bis sie Sexualität endlich als das begreift, was sie sein kann: Ein wunderschönes Geschenk, das wir von Gott haben.

Im September 1964 kam ich aufs Gymnasium im Garser Klosterinternat. Ein besonderes Privileg, wie man mir sagte, das nur meinem großen Bruder Sepp und mir zuteil wurde von uns acht Geschwistern. Eigentlich konnten sich meine Eltern die Kosten für das Internat überhaupt nicht leisten. Aber unsere Familie bekam einen ›Sondertarif‹ gewährt, weil die Mama und vor allem der Onkel Alois, jener schon oft erwähnte Japan-Missionar, dem Internatsleiter mit uns beiden klösterlichen Nachwuchs in Aussicht stellte.

In den ersten Wochen habe ich mich oft in den Schlaf geweint vor Heimweh und Kummer. Ich war zum ersten Mal weg von daheim, kam direkt aus unserer kleinen kachelofen-warmen ›Stubn‹ in dieses riesige Kloster und unter das strenge Regiment dieser gefühlsreduzierten Männer in rabenschwarzen Roben. Vom Internatseintritt im September bis zu den Weihnachtsferien durften wir keinen Besuch von zuhause bekommen. Entwöhnung vom Elternhaus nannten sie das und der Direktor Sauter hat das eiskalt durchgezogen.

Wir fürchteten ihn. Wenn er den Gang entlang kam in seinem weiten, schwarzen Gewand, wären wir am liebsten unsichtbar gewesen. Wir wichen ihm mit gesenktem Kopf aus und hofften, dass er uns einfach nicht bemerkte. Denn eine seiner Lieblingsbeschäftigungen war es, uns Buben ohne wirklichen Grund in den Oberarm zu zwicken, bis wir blaue Flecken hatten, einfach so. Ein Sadist im Priestergewand, kein Mitgefühl hinter seinem knöchernen, verbissenen Gesicht und schon gar nichts Väterliches, was dem Wort ›Pater‹ im Sinne von Vater nur annähernd gerecht geworden wäre.

Gegessen wurde im großen Speisesaal des Klosters unter Aufsicht von Pater Sauter. Alle 14 Tage gab es Sago-Suppe. Wir Buben nannten sie nur ›Froschlaich-Suppe‹, denn so sahen die kleinen, schleimigen Perlen aus, die dicht an dicht in der muffig riechenden Suppe schwammen. Warum Frater Wilhelm, der dicke Koch, gerade diese Suppe immer wieder auf dem Speiseplan hatte, war uns ein Rätsel. Bei Recherchen zu diesem Buch habe ich in einem alten Klosterkochbuch ein Sago-Suppenrezept aus dem 16. Jahrhundert entdeckt. Wer weiß, woher er seine Inspirationen zur billigen, kalorienreichen Verköstigung der 50 bis 60 hungrigen Buben nahm. Vielleicht war es aber auch der

Direktor Sauter, der dafür sorgte, dass wir regelmäßig mit diesem Gericht traktiert wurden.

Schon beim Reinkommen in den Speisesaal erkannten wir an dem widerlichen Geruch: »Heit is wieda soweit!« Mir graute vor dem, was in der nächsten Stunde auf mich zukommen würde. Der Direktor übernahm immer persönlich das Austeilen dieser Suppe und gab mir mit einem hämischen »Guten Appetit!« noch eine Extrakelle drauf.

Dann verfolgte er mich mit seinen kleinen Augen, wie ich mich an meinen Platz setzte, den ersten Löffel in den Mund schob und wie mich der Würgereiz überkam. Wenn er sah, dass ich den Löffel zur Seite legte, packte er mich am Oberarm und zerrte mich samt Suppenteller in eine Ecke des Speisesaals: »Bis Du aufgegessen hast!« Und er ließ mich da stehen, den Teller in der einen und den Löffel in der anderen Hand. Ich schaffte es irgendwie die Tränen zu unterdrücken, aber ich konnte einfach keinen Löffel runterbringen. Oft stand ich noch da, wenn die anderen schon in der ›großen Freizeit‹ draußen Fußball spielen durften. Fußballspielen war unser einziges unbeschwertes Vergnügen im strengen Tagesablauf. So konnte er mich doppelt quälen, der Direktor.

Er wies Frater Wilhelm an, die Aufsicht über mich zu übernehmen und ließ mich da stehen. Der Koch hatte zwar ein grobschlächtiges Gesicht, war aber ein mitfühlender Mensch. Wenn der Pater Sauter den Saal verlassen hatte, erlöste er mich immer gleich: »Gib her, Bub.« Er nahm mir die verhasste Suppe aus der Hand und schüttete sie in den Saukübel. Ich war ihm unendlich dankbar und lief zu den anderen raus, immer auf der Hut, dem Direktor unterwegs nicht über den Weg zu laufen. Ich weiß bis heute nicht so genau, warum er es gerade auf mich abgesehen hatte, aber vielleicht sollte das ja die erzieherische Vorbereitung auf mein späteres Leben im Kloster sein. Nach der Devise: Demut und Gehorsam kann man nicht früh genug lernen. Eine Steilvorlage für alle disziplinarischen Grausamkeiten hinter Klostermauern.

Viel später, so Ende der 70er Jahre, als ich schon in München studierte, besuchte ich mit meiner Mutter die Gärtnerei des Klosters Gars und freute mich sehr den Frater Ulrich wiederzusehen, wie er da noch immer zwischen seinen Töpfen und Beeten umherging. Noch heute muss ich oft an ihn denken, wenn ich in meinem Garten stehe. Mit Dankbarkeit, denn er war nicht nur ein verlässlicher Trost in meinen dunklen Internatsjahren. Auch die Freude am ›Garteln‹, Dinge wachsen zu lassen, die ich in seinem Gesicht gesehen habe, begleitet mich bis heute.

Mit einer merkwürdigen Mischung aus Abscheu und Neugier sah ich zum Kloster rauf. Die Neugier siegte. Ich ging noch einmal hinein und durch die langen, breiten Gänge, die mir als Kind so viel Angst gemacht hatten. Da sah ich ihn, den Sauter, wie er durch den Gang hinkte, wohl nach einem schweren Schlaganfall. Er erkannte mich auch: »Ja, der Meier«, lächelte er milde.

»Nix wie raus hier!« war mein erster Gedanke. Und fast reflexhaft drehte ich mich um und wollte Richtung Ausgangstür gehen. Ganz der kleine, wütende Bub, aber dann hielt ich plötzlich inne. Wer weiß schon, was dieser Mensch in seinem Leben durchgemacht hat, dass er so geworden ist, wie er war. Und ich ging auf ihn zu, reichte ihm die Hand. Nicht Demut – Vergebung ist eine der wichtigsten Botschaften des Christentums. Und ich begriff in diesem Moment, dass sie auch dem gut tut, der verzeiht. Wenige Wochen später starb er.

Noch eine markante Gestalt in unserem Internatsschülerleben war unser Lateinlehrer, der Pater Meller. Markante Gestalt trifft es wortwörtlich, denn er war unglaublich dick. Ein riesiger Bauch wölbte sich unter seiner zeltgroßen Kutte, als hätte er einen Medizinball darunter versteckt. Er hatte noch dazu eine merkwürdige Angewohnheit. Wenn er zum Unterricht zu uns ins Klassenzimmer kam, dann ging er immer quer durch die Tür. Wir Buben feixten: »Der mog bestimmt schaung, ob er mit seim Riesenranzn no durchpasst.« ›Mellax‹ nannten wir ihn, in Anlehnung an Obelix.

Seine zweite hervorstechende Eigenschaft, das war seine Lüsternheit. Er war die Karikatur eines fetten Lustmolchs. Wenn in einem Kapitel unseres Lateinbuchs auch nur der geringste ›Hinweis‹ auftauchte, dann kam er sofort auf das sündige alte Rom zu sprechen und er schmückte seine schlüpfrigen Geschichten in allen Details aus. Ja, er weidete sich geradezu daran – unverhohlen. Welche zügellosen Orgien bei den Saturnalien und Bacchanalien, den religiösen Festen des späten Roms, stattfanden, wie sich die Konkubinen auf die Nacht mit dem Kaiser vorzubereiten hatten, wie sie sich kleiden und parfümieren sollten. Und dann ging er meist nahtlos über zu den alten Griechen, zu

Priapus, der mit erigiertem Glied dargestellte griechische Gott der Potenz, und zu den erotischen Abenteuern des Zeus. Und der Höhepunkt seiner Geschichten: wie sich in den Aphrodite-Tempeln Priester und Priesterinnen orgiastisch vereinten. Also alles, was man sich im klösterlichen Lateinunterricht nicht so vorstellt.

Aber wir Buben in der beginnenden Pubertät fanden das ausgesprochen spannend und gingen das ›Gelernte‹ aus seinen Lateinstunden in der Pause nochmal eifrig durch. Ansonsten war der Pater Meller weniger engagiert im Unterricht und legte seinen Lehrauftrag eher gemütlich aus. In der sechsten Stunde gab's bei ihm meist ›Stillbeschäftigung‹. Das sah dann so aus, dass er seinen Kopf auf den Katheder legte und schlief bis die Glocke ihn aufschreckte. Vielleicht musste er sich erholen von schlaflosen Nächten, wach gehalten und geplagt von seinen unerfüllten sexuellen Phantasien.

Aber wir mochten ihn, denn er war nicht so streng und schon gar nicht so brutal wie der Sauter oder wie der ebenso gefürchtete Pater Stegmaier, unser nächster Lateinlehrer, bei dem man immer mit allem rechnen musste. Einmal rastete er während des Unterrichts komplett aus, als er feststellte, dass wir die Vokabeln nicht richtig gelernt hatten. Er schrie uns an und lief dabei so rot-blau an im Gesicht, dass uns Angst wurde.

Dann rannte er wutentbrannt zur Tür hinaus, die Treppen hinunter und in den Klostergarten. Dort schnitt er eine Haselnussrute ab und stürmte wieder hoch ins Klassenzimmer. Wir mussten uns aufstellen, Hände ausgestreckt und die Handflächen nach oben. Dann schlug er mit voller Wucht auf die Kinderhände. Wir hatten noch tagelang blaue Striemen.

Er schwitzte immer. War es sein Jähzorn oder sein hoher Blutdruck oder beides, die ihm den Schweiß auf die Stirn trieben, wir wussten es nicht. Wenn es sehr heiß war im Sommer und es selbst in den Klassenzimmern hinter den dicken Klostermauern stickig wurde, verschüttete er einen ganzen Kübel Wasser auf dem Fußboden. »Verdunstungskälte«, erklärte er uns. Er schwitzte trotzdem und wir auch, aber mehr aus Angst vor seinen unvorhersehbaren, gewalttätigen Wutausbrüchen.

Ich will hier aber nicht verschweigen, dass es auch menschenfreundliche Lehrer in diesem Kloster gab, wie den Pater Bielmeier, unseren Biologielehrer: leicht bucklige Haltung, rote Bäckchen und immer ein Lächeln im Gesicht. Heute würde man sagen, er war ein ›Naturfreak‹. Er kannte jedes Blümchen, jedes Kraut und natürlich auch den lateinischen Namen dazu. Im Frühsommer nahm er uns mit auf Spaziergänge durch die blühenden Wiesen rund um das Kloster und zeigte uns den Artenreichtum dieser damals noch so intakten Landschaft.

Was für eine schöne Abwechslung in unserem klösterlich strengen Tagesablauf, mit den vielen Schweigezeiten. Um 6:15 Uhr läutete die schrille Glocke in unserem Schlafsaal. Keine Zeit sich nochmal im Bett umzudrehen, denn wir hatten nur eine Viertelstunde um in den Waschsaal zu gehen, das Gesicht zu waschen, die Zähne zu putzen und uns am

Spind anzuziehen – alles stillschweigend. Und dann war der ganze Tag weiter eng durchgetaktet bis zum Zubettgehen:

6:30 - 7:00 Uhr:	Messe in der Klosterkapelle
7:00 - 7:30 Uhr:	Morgenstudium (stillschweigend)
7:30 - 8:00 Uhr:	Frühstück im Speisesaal (Unterhaltung erlaubt)
8:00 - 13:00 Uhr:	Unterricht
13:00 - 13:30 Uhr:	Mittagessen (Unterhaltung erlaubt)
13:30 - 15:00 Uhr:	›Große Freizeit‹ (Unterhaltung und Fußballspielen erlaubt)
15:00 - 16:30 Uhr:	Hauptstudium (stillschweigend)
16:30 - 17:15 Uhr:	›Kleine Freizeit‹ (Unterhaltung erlaubt)
17:15 - 18:30 Uhr:	Abendstudium (stillschweigend)
18:30 - 19:00 Uhr:	Abendessen (Unterhaltung erlaubt)
19:00 - 19:45 Uhr:	›Abendfreizeit‹ (Unterhaltung erlaubt)
19:45 - 20:15 Uhr:	Lernen oder Lesen im Studiersaal (stillschweigend)
20:15 - 20:30 Uhr:	Abendgebet in der Kapelle
20:30 - 20:45 Uhr:	Waschsaal und Umziehen (stillschweigend)
20:45 Uhr:	Bettruhe

Der Pater Sauter schritt ein paar Mal kontrollierend den Gang im Schlafsaal auf und ab, ob wir alle stillschweigend in den Betten lagen, dann machte er das Licht aus und ging hinaus. Er stand dann aber noch vor unserer Tür und wehe, es war noch ein Laut zu hören! So nach einer Viertelstunde war die Luft meistens rein. Überall leises Tuscheln, besonders im Sommer, wenn die Abendsonne noch durch die Fenster schien. Wer konnte da schon schlafen! Zum Glück ließ uns der Pater Sauter wenigstens am Abend in unseren Betten in Ruhe.

Dass das auch anders sein konnte, erlebte ich ein paar Jahre später mit dem Pater Paul. Er war Präfekt im Alfonsianum, dem Internat der Redemptoristen in Ingolstadt für die höheren Klassen, in dem ich nach drei Jahren ›verschärfter Haft‹ in Gars noch zwei Jahre verbrachte, bis mich die neue Schulbuslinie von Reichertsheim zum Wasserburger Gymnasium endgültig aus der ›Internatshaltung‹ befreite.

Jener Pater Paul sah es als seine ›heilige‹ Aufgabe an, jeden Abend zu kontrollieren, ob die Jünglinge, die da in den Betten lagen, auch keine Unterhose unterm Schlafanzug mehr anhatten, aus ›hygienischen Gründen‹ versteht sich. Und so griff er zu, der Pater Paul, jeden Abend mit seinen geweihten Händen in die Schlafanzughosen von uns Buben. Wir nannten ihn ›den Greifer‹. Buben, die er besonders mochte, ›durften‹ sogar zu ihm aufs Zimmer. Mich hat er zum Glück verschont. Was hinter der verschlossenen Tür geschah, konnten wir nur ahnen, denn keiner hat darüber gesprochen. Leider sind es immer die Opfer, die sich schämen. Wegen sexuellen Missbrauchs wurde er nie belangt. Er starb noch im letzten Jahrhundert.

Aber erst mal wieder zurück in unseren Schlafsaal in Gars. Der ›Wampi‹, wie wir meinen Bettnachbarn alle nannten, weil er ein kleines ›Wamperl‹ mit sich herumtrug, kroch nach der obligatorischen Sauter-Viertelstunde unter sein

Bett, wo er sein Buch und die Taschenlampe deponiert hatte, und ritt sofort mit Kara Ben Nemsi *Durchs wilde Kurdistan.* Aber was, wenn der Sauter doch nochmal in den Schlafsaal gekommen wäre? Das war nicht so selten bei diesem kontrollversessenen Herrscher über uns Buben.

In der Bettruhezeit heimlich zu lesen, das war streng verboten. Aber der ›Wampi‹ las ja nicht nur irgendein Buch, er las Karl May! Drei ganze Wochen Fußballverbot war die harte Strafe für diese Schandtat! Denn die ›konzentrationszersetzende‹ und profane Abenteuerlektüre war höchstens am Wochenende erlaubt. Es standen uns schließlich andere Bücher im Bibliothekszimmer zur Verfügung, die dem Pater Sauter als lesenswerter und bildend galten. Ich stöberte oft in den alten, verstaubten Schränken auf der Suche nach spannendem Lesestoff. Das meiste schob ich gelangweilt wieder zurück.

Eines Tages entdeckte ich aber ein Buch, das ich verschlungen habe. Das war genau das, wonach ich gesucht hatte. Da ging es um die heroische Verteidigung einer Burgfestung in Spanien. Total spannend und ich zitterte mit den Burgverteidigern in Toledo, dass sie durchhalten sollten, bis ihnen ein tapferer General namens Franco zu Hilfe kam. Erst viel später wurde mir klar, dass es sich da um das Buch eines deutschen Nazis gehandelt hat, der darin den spanischen Faschismus verherrlichte: *Die Helden des Alcazar* – ein übles, ultrarechtes, demagogisches Pamphlet mit Geschichtsverfälschung der groben Art, das da im klösterlichen Bücherschrank für uns Buben zur Verfügung stand. Ein 12-jähriger Junge konnte das noch nicht wissen, die Patres aber schon!

Doch so manch braune Gesinnung hielt sich noch lange nach 1945 in der katholischen Kirche bis in den Vatikan hinein. Das zeigte sich auch in den sogenannten ›Klosterrouten‹ (später auch ›Rattenlinien‹ genannt), über die Faschisten und NS-Täter nach dem Zweiten Weltkrieg mit Hilfe hochrangiger Vertreter der katholischen Kirche nach Spanien, Südamerika oder in Länder der arabischen Welt auswanderten, um einer strafrechtlichen Verfolgung zu entgehen. *Nachzulesen auf Wikipedia unter ›Rattenlinien‹* Aber das gehört wohl auch zu den noch nicht aufgearbeiteten, dunklen Seiten der neueren Kirchengeschichte.

Dunkel in jeder Hinsicht wurde es auch für uns Internatsbuben, wenn uns die Patres in der Fastenzeit durch den modrig-düsteren, unterirdischen Gang vom Internatsgebäude zur Klosterkirche rüber gehen ließen, wohl um uns auf unsere eigene Sterblichkeit ›dezent hinzuweisen‹. Ich kann mich noch genau erinnern, wie mich schauderte, als ich in meinem ersten Internatsjahr an den schwarzen Grabkreuzen vorbei musste und an den Totenköpfen, die uns von den Mauersimsen hohläugig anzustarren schienen. Die perfekte Einstimmung auf die finstere Predigt, die uns in der kalten Klosterkirche erwartete. Deren einziger Zweck schien es zu sein, unter uns Buben Angst und Schrecken zu verbreiten, um uns ›auf Linie zu halten‹, denn wer vom rechten Weg abkommt, den erwarten nach dem Tod die Qualen der Hölle. Umso mehr fürchtete ich mich auf dem Rückweg.

Was mich die erste dunkle Zeit im Internat irgendwie durchstehen ließ, waren bestimmt auch die Briefe meiner Mutter.

Ja, sie schrieb mir – regelmäßig. Wie sie das auch noch hinkriegte neben ihrem langen Tagwerk, das morgens um ›hoibe Sechse‹ begann und erst spätabends endete, ist mir ein Rätsel. In ihrer schönsten Schrift schrieb sie mir, was alles so los war in Reichertsheim, wer auf die Welt gekommen war und wer sie verlassen hatte. Eigentlich nichts Besonderes. Aber der letzte Satz im Brief tröstete mich immer und berührt mich noch heute zutiefst: »Es grüßt und segnet Dich Deine Mutter«. Ich fühlte mich immer gut, nachdem ich den Brief von meiner Mama gelesen hatte und dann las ich ihn nochmal und nochmal und oft legte ich ihn unter mein Kopfkissen, damit ich besser schlafen konnte.

Es war, als besäßen diese Worte tatsächlich eine magische Kraft. Ich fühlte mich gehalten und geliebt und nicht mehr allein, denn ich war ja gesegnet. Dieser Segen lag wie eine schützende Hand über mir. Und kein Pater Sauter konnte daran etwas ändern. Als Vater und Opa versuche ich diesen segensreichen Blick weiterzugeben, denn ich weiß, welche Kraft man daraus ziehen kann.

Als nach meinem ersten halben Jahr im Internat die Tage wieder länger wurden und die Welt wieder heller, hatte ich mich einigermaßen mit meinem ›Klosterleben‹ arrangiert. Außerdem gab es im Frühling 1965 einen Lichtblick für uns Buben: *Winnetou, der Häuptling der Apachen* kam nach Gars am Inn. Kaum zu fassen! Wir durften uns tatsächlich die Karl-May-Verfilmung im Kino anschauen. Welche Strahlkraft ging da von diesem edlen Häuptling der Apachen auf uns ›kloane Buaberl‹ über. Mit Nscho-tschi, der Schwester Winnetous, gespielt von der wunderschönen Französin Marie Versini, erlebten wir einen Kulturschock der sinnlichen Art und ein ganzer Schlafsaal voll vorpubertärer Buben träumte sehnsuchtsvoll von ihr.

Das Garser Kino – Eine kleine Exkursion

Das Garser Kino lag direkt neben dem Kloster. Der Ametsbichler Gregor betrieb es in den 1960ern und bis in die 2000er hinein. Das Kino und die dazugehörige Wirtschaft hatten eine eigene Stromversorgung. Ein kleiner Generator unten am Urtlbach, kurz vor der Mündung in den Inn, sorgte für die nötigen Kilowattstunden. Aber manchmal flackerten die Bilder und der Ton klang dumpf. Sofort riefen die Kinobesucher: »Gregor! Ausramma!« Dann musste er ganz schnell runter zum Urtlbach und die Metallgitter von Laub und Ästen frei räumen, damit wieder genug Wasser für die Stromerzeugung durchfließen konnte. Ein voll ökologisches, mit Wasserkraft betriebenes Kino, da würden sie ihm heute das Haus einrennen, dem Gregor, und in der Zeitung würde er stehen mit dem Titel ›Kino mit Nachhaltigkeit‹ und am Ende dafür noch einen Preis bekommen.

Im Herbst 1966 geschah etwas ganz Besonderes. Da kam die große Welt direkt zu uns ins Kloster. Drei junge Novizen tauchten da auf. Erstaunlich lässige Typen, das sah man schon am Gang. Einer von ihnen spielte Gitarre und alle drei konnten sie ziemlich gut singen, mehrstimmig und – auf Englisch. Wow! Echte Amerikaner! Sie waren für das Theologiestudium aus einem Redemptoristen-Kloster in Philadelphia zu uns nach Gars am Inn gekommen. Unglaublich!

Zur Weihnachtsfeier wollten sie etwas ganz Besonderes mit uns Buben aufführen: Das Weihnachtsspiel nach Carl Orff. Wie sie es zustande brachten, den Pater Sauter davon zu überzeugen, eigens dafür Xylophone, Glockenspiele, Pauken und Trommeln, eben das ganze Instrumentarium des Orffschen Schulwerks anzuschaffen, ist mir bis heute nicht klar. Noch dazu war das Weihnachtsspiel gar nicht so katholisch. Da kommen Hexen vor, die die Hirten mit so ketzerischen Fragen verunsichern wie: »Gibt es einen Gott?« Eigentlich unmöglich in einem katholischen Ordenshaus. Aber vielleicht hat das niemand hinterfragt, denn Orff war damals schon ein bedeutender Komponist und ein bayerischer obendrein.

Ich durfte die Maria spielen, in Ermangelung von weiblichen Darstellern und weil ich immer ein bisschen wie ein Mädchen aussah. Aber da man ja bei einer stillenden Mutter nicht um einen Busen herumkommt, hat mir der Pater Präfekt einen ›gemacht‹. Er hat aus einem ›Pappadeckl‹ zwei Spitztüten gebastelt und diesen Pappbusen sollte ich unter meinem Mariengewand tragen. Der Pater wies mich noch darauf hin, dass ich das mit der ›nötigen Ehrfurcht‹ vor diesem weiblichen Körperteil tun soll. Ehrfurcht vor diesem ›spitzigen Pappadeckl-Busen‹? Wie sollte denn das gehen? Hätte er einem Busen ähnlicher gesehen, dann hätte ich ihn vielleicht mit Hingabe behandelt. Doch das hätte dem Pater auch nicht gefallen.

Unser Orffsches Weihnachtsspiel war ein großer Erfolg: stürmischer Applaus und Rufe nach Zugabe. Die drei amerikanischen Novizen ließen sich nicht lange bitten. Einer nahm die Gitarre und sie sangen ein Lied, das sie aus Amerika mitgebracht hatten. Ein ganz neues Lied, von einem jungen ›Protestsänger‹, das um die Welt gehen sollte und sie ein Stückchen verändern würde: *Blowin' in the wind.*

Niemand, auch nicht die verbohrtesten alten Köpfe in unserem Theatersaal, konnte sich der Magie dieses Liedes entziehen. Das war wie ein Schlüsselerlebnis für mich, zu sehen und zu spüren, was man nur mit einer Gitarre, der Stimme und einem guten Text bewirken kann.

Ein Pfarrer bin ich nicht geworden, aber ein Kabarettist und Liedermacher. Wie viel nun dieses Erlebnis dazu beigetragen hat, ob es mehr die Rebellion gegen meine klösterliche Erziehung war oder ob nicht gerade diese auch eine Grundlage dafür war? Wer weiß das schon. The answer is blowin' in the wind.

Aber irgendwie habe ich meinen Auftrag doch erfüllt, denn als Kabarettist und Liedermacher ist man ja auch so was wie ein Prediger. Man steht zwar nicht auf der Kanzel, aber auf der Bühne. Und eine Botschaft, eine ›Message‹ hat man ja auch, bestenfalls. Tja, und wo nimmt man so eine Botschaft her? Sicher ist auf jeden Fall, dass es meine wilde Bauernbubenkindheit und mein Heimatort Reichertsheim waren, die mich geprägt haben. Und vor allem waren es die frühen Begegnungen mit für mich wichtigen Menschen, denen ich hier danken möchte:

Meiner ganzen Familie, die mir ein gutes Nest zum Ausfliegen war, besonders meiner Mutter, mit ihrer ruhigen Stärke und ihrem Glauben – auch an mich, meiner Tante Mare, mit der ich gelernt habe, immer den richtigen Ton zu treffen, dem Frater Ulrich und dem Pater Bielmeier, die mir ihre Liebe zur Natur weitergegeben haben, dem Frater Wilhelm für sein Erbarmen, den drei Novizen, durch die ich gespürt habe, welche Kraft in der Kunst liegt und nicht zuletzt dem Pater Sauter, mit dem ich rebellieren und verzeihen gelernt habe.

Ein Lied von mir, das der Rebellion und der Liebe gewidmet ist.

Verliebter Pfarrer

Er schaut ihr oft beim Kocha zua
Da kriagt er fei oft gar net gnua
So wia sie schaut, so wia sie lacht
So wia sie den Schweinsbratn macht
Wia sie die Knödel draht und dann
Sitzn sie beim Essn zam
Er daats gern oglanga, ja, ja
Aber des deaf er gar net doa
Na, da denkt er gar net hi
Sie san ja no ganz streng per Sie
Doch werds eahm klar und immer klarer:
Er is a verliebter Pfarrer

Er is verliebt, ja, des is schlimm
In seine Haushälterin
Er woaß net ein und nimmer aus
Sie wohnt aa no im gleichn Haus
A Kreuz is des oft bei der Nacht
Da liegt er oft die ganz Zeit wach
Drei Zimmer weiter, des is gwiss
Da waar für eahm des Paradies
Er hälts kaum aus, es packtn arg
Der Geist ist willig unds Fleisch aa no stark

Unds werd eahm klar und immer klarer:
Er is a verliebter Pfarrer

Er daat sie küssen auf die Wangen und
Auf ihren schönen roten Mund
Aufn Hals und überhaupt
Da wos sei Kirch gar net erlaubt
Wobei er mittlerweile glaubt
Dass des da Herrgott scho erlaubt
Weil sonst daat er ja nix gspürn
Wia soll ma des denn no kapiern
Weil Gott erschuf doch zu der Liebe
Auch noch den Körper und die Triebe
Unds werd eahm klar und immer klarer:
Er is a verliebter Pfarrer

Aber dann hat er si traut
Sie ham mitnander Tatort gschaugt
Erst hat er sie ogschaugt
Dann hat sie eahm ogschaugt
Dann hams koan Tatort mehr gschaugt
A so hats eahna taugt
Dann war des klar und imma klarer:
Er is a verliebter Pfarrer

Beim ›Anstiern‹ im Kloster Gars

Danke

DANKE an Andrea Kretzschmar, die mein Buchprojekt auf allen Ebenen unterstützt und es durch ihren professionellen Buchsatz, die Bildbearbeitung und das schöne Layout veredelt hat.

DANKE an Stanko Ropić für die künstlerische Gestaltung des Titelbildes, mit der er die Zeitebenen so hauchfein ineinander verwoben hat.

DANKE an meine Geschwister, die mit mir die ›wilde Kindheit‹ auf unserem Hof geteilt haben, ganz besonders an meinen Bruder Alois für seine unermüdliche Unterstützung bei der Recherche und an meinen Bruder Sigi für seine originellen Beiträge.

DANKE an die Familie Radlmair, insbesonders an die ›Bäcker Rosmarie‹ und an den alten und den jungen ›Bäcker Thomas‹, an unseren alten Wirt, den Lorenz, und an unseren Nachbarn, den ›Schuster Baptist‹, dass sie zu meinen Geschichten gehören wie zu Reichertsheim.

DANKE an den Heilmeier Karl für seine unglaublichen Erfindungen sowie an den Baumann Sepp, den Wolf Erich und den Meingaßner Hans, die mir erlaubt haben, ihnen in meinen Geschichten so einiges ›in den Mund zu legen‹.

DANKE an meinen Heimatort Reichertsheim mit all seinen Menschen, seinen Wiesen und Feldern, seinen Straßen und Wegen, über die ich gelaufen bin.

DANKE an meine Eltern – für alles!

Werner Meier

geboren 1953 im bayerischen Dorf Reichertsheim, ist Kabarettist, Liedermacher, Komponist und Verleger.

Er ist seit vielen Jahren mit seinem Musik-Kabarett auf den Bühnen in Bayern unterwegs, in verschiedenen Formationen und mit Solo-Programmen.

Gemeinsam mit seiner Frau Margit Sarholz schreibt er Lieder, Geschichten und Musicals für Kinder. 1997 gründeten sie den Verlag Sternschnuppe, in dem sie über 30 Kinderlieder-Alben veröffentlicht haben. Ihre bekanntesten Familien-Musicals sind ›Ristorante Allegro‹, das sie für die Münchner Philharmoniker geschrieben und produziert haben, und ›Die Kuh, die wollt ins Kino gehn‹, das seit 2006 als Kult-Musical im Münchner Lustspielhaus läuft.

2023 erhielt das Sternschnuppe-Duo den Oberbayerischen Kulturpreis für sein Schaffen.

Werner Meier lebt mit seiner Frau im bayerischen Dorf Ottenhofen. Sie haben eine Tochter und drei Enkelmädchen.

www.wernermeier.de **www.sternschnuppe.de**

Alle Lieder von Werner Meier und Sternschnuppe können über die bekannten Streaming-Portale gehört werden.